明日のランチはきみと

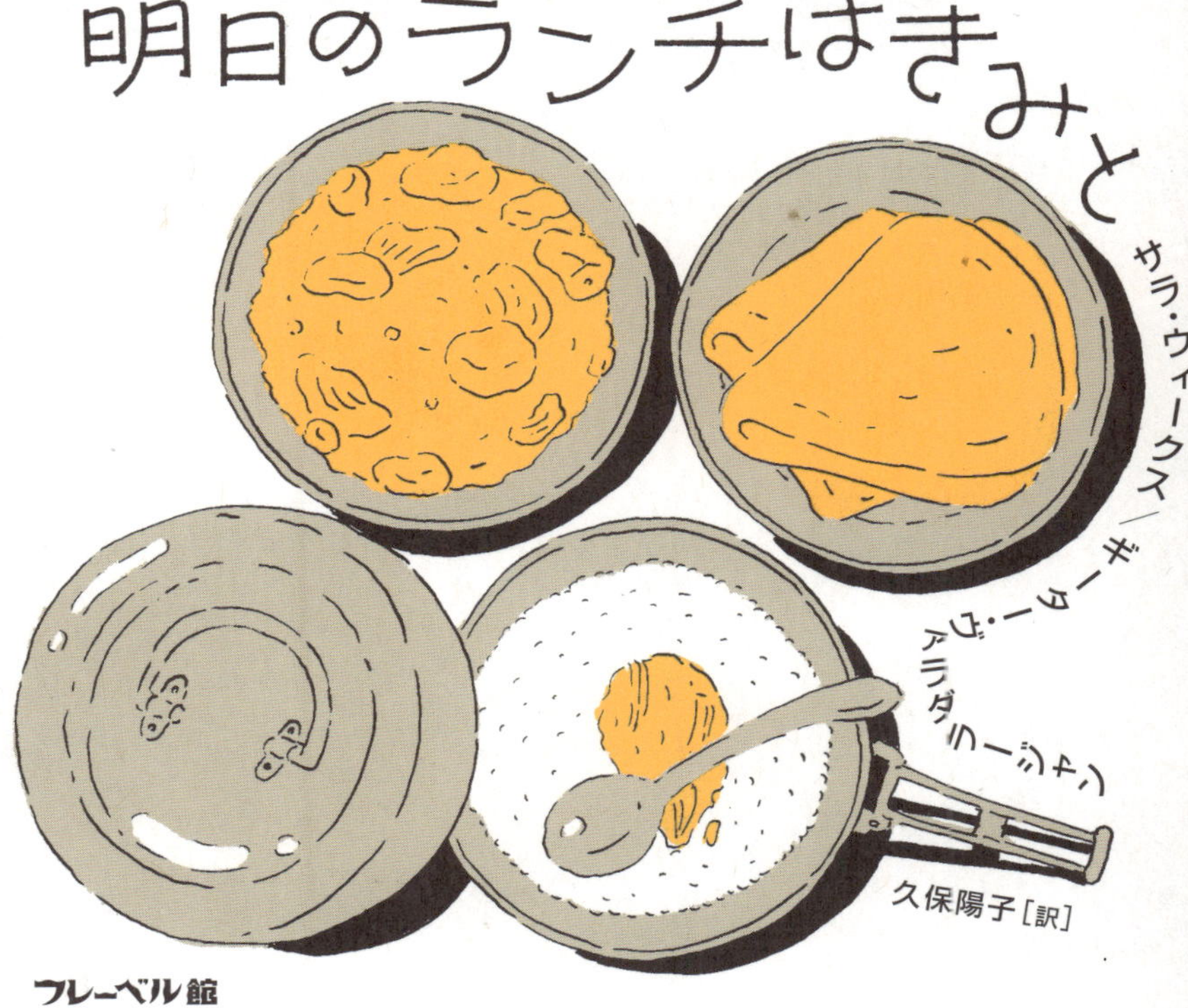

サラ・ウィークス／ギーター・ヴァラダラージャン

久保陽子［訳］

フレーベル館

明日のランチはきみと

CONTENTS

SAVE ME A SEAT

By Sarah Weeks and Gita Varadarajan

Originally published
by Scholastic Press, an imprint of Scholastic Inc.
Published by arrangement
with Pippin Properties Inc. through Rights People, London
And Japan UNI Agency, Inc., Tokyo
Japanese edition published by Froebel-kan Co., Ltd. Tokyo

イラストレーション ┆ 早川世詩男
ブックデザイン ┆ アルビレオ

MONDAY

月曜日

チキンフィンガー

CHAPTER

1

RAVI
ラビ

ぼくの名前を正しく発音できるアメリカ人は、ほとんどいない。

初めて新しい学校に登校した今日、担任(たんにん)のビーム先生は、正しく発音しようというやる気は見せてくれたけれど。

「サーヤンヤイナイ」

一生懸命(いっしょうけんめい)でまゆがピクピクしていた。

「サ　イ　ア　ネ　リ　ヤ　ナ　ン　です」

ぼくはゆっくり発音してみせた。先生はもう一回発音してくれたけれど、あまりよくなっていなかった。

「練習しておきますね」

笑って言った。ぼくも苦笑い。

サイアネリヤナンというのが名字で、名前はラビ。インドの昔の言葉で「太陽」という意味だ。「ラ」は弱く「ビ」は強く発音するのが正しいのに、アメリカ人はみんな「ラ」のほうを強く発音してしまう。お母さんはいつも言う。

「辛抱強く待ってあげるのも大切なことよ」

そのうちみんな正しく発音できるようになると思っているらしい。で、おばあちゃんにこう返される。

「待ったってむださ」


ぼくたち家族は、四か月前にアメリカのニュージャージー州に引っ越してきた。正確には五月十三日。この国の人たちに言わせれば、「よそもの」だ。お父さんはインドのバンガロールという都市にあるＩＴ企業で働いていたけれど、昇進してアメリカに赴任することになった。インドでは大きな庭のある家に住んでいて、料理人もおかかえの運転手もいた。おじいちゃんとおばあちゃんは近くのマンションに住んでいたけれど、いっしょにアメリカに引っ越してきて、今はぼくたちと同じ家に住んでいる。似たような一軒家がいくつも連なっているうちのひとつだ。

　アメリカでの生活は、前と全然ちがう。お父さんは仕事に行くときに電車を使うし、家には料理人がいないから、お母さんはご飯を全部ひとりで作ることになった。家はずっと小さくて、おふろはひとつしかないから、おじいちゃんたちと交代で使っている。交代なのはいいんだけれど、おじいちゃんのシャワーが長いのと、夜、おばあちゃんが入れ歯の入ったコップを洗面台に置きっぱなしにしているのは、ちょっと困る。

　英語は小さいときに習いはじめた。家では、インドの言葉ではなく、ほとんど英語で話していたし、英語で授業をする小学校に通っていた。でもなぜか、アメリカの人たちはぼくの英語がよくわからないらしい。だからアメリカ人そっくりに発音できるように、舌の使い方を練習している。それを見て、おばあちゃんはまゆをひそめる。

「故郷にも自分にも、誇りをもちなさい。気をぬいていると、アメリカ人みたいになってしまうよ。おじいさんが茶畑で汗水たらして働いていたのは、たったひとりの孫を、なまけ者でハンバーガーばかり食べる太った子に育てるためじゃないんだからね」

おばあちゃんは、アメリカが好きじゃないんだろうな。

ぼくがインドで通っていた学校は、ヴィディヤ・マンディールという名前で、「知の寺院」という意味がある。新しい学校はアルバート・アインシュタイン小学校。おばあちゃんは、天才科学者の名前がついた学校に孫が入学できたことを、インドの友だちに自慢したくてうずうずしている。

ぼくは天才科学者とまではいかないけれど、けっこう優秀だ。好きな教科は算数、英語、体育——とくにクリケット。

「みなさん、新しい友だちラビをあたたかくむかえましょう。はるばるインドからやってきたんですよ」

出欠をとったあと、ビーム先生はそう言った。「ビ」より「ラ」のほうを強く発音している。背の低いビーム先生は、ふっくらしていて、笑うとふたつのまゆ毛がくっつく。

教室を見まわすと、ほとんどみんな白い肌をしていて、その顔の海がぼくを見つめ返す。クラスでインド人はぼくだけだとわかって、きんちょうしてきた。ディロン・サムリーンという子もインド系みたいだけれど、話し方や服装からいって、きっとアメリカ生まれのアメリカ育ちだ。

「ラビ、自己紹介してくれますか？」

先生はほほえんだ。

「はい、マム」

ぼくはそう答えて立った。インドでは女の人には「マム」と呼びかけるから。

するとみんなが笑った。

「今、ママって言った？」

だれかが言い、先生は手をたたいた。

「みなさん、失礼ですよ。続けて、ラビ。ちゃんと聞いていますからね」

ぼくはメガネを押しあげて続けた。

「ぼくの名前はラビ・サイアネリヤナンです。バンガロールから引っ越してきました」

またみんなが笑う。なにがおかしいんだろう？

「バンガロー？　山小屋に住んでいたってこと？」

だれかが言った。また手をたたく先生のまゆは、ピクピクしている。

「みなさん、これが新しい友だちをむかえるときの態度ですか？」

教室はしんとした。ぼくにスポットライトが当たっている。みんなの視線を感じた。

これが、アメリカの学校での一日目か。全然うまくいっていないな……。

先生はやさしく言った。

「わたしのことはビーム先生と呼んでくださいね。それとラビ、アメリカでは、先生に名前を呼ばれても立たなくていいんですよ。言っている意味、わかるかしら？」

もちろん、そのくらいの英語はわかる。

きんちょうしているときのクセで、つい、メガネを押しあげ鼻をこすった。すると先生はぼくのところまで来て、かわいそうに、という顔で肩をぽんとたたいてきた。

「心配いりませんよ、ラビ。自己紹介はあとにしましょう。英語をもう少し勉強してからね。特別支援教室に、フロスト先生というとてもいい先生がいるんです。きっと手助けをしてくれますよ」

ぼくが先生に言いたかったこと、それは、

1　ぼくはちゃんと英語を話せます

2　フロスト先生の助けはいりません

3　インドではクラスで一番の成績でした

でも代わりにやったことは、

1　メガネを押しあげる

2　鼻をこする

3　座って手を組む

……インドの友だちや先生が見たら、大笑いするに決まっている。スターだったぼくを、「できない生徒」あつかいしているんだから。じょうだんじゃない！

先生がホワイトボードに書いた宿題を、ノートに書きうつした。ディロンがぼくを見ているのが目の端に入る。ディロンはインド映画に出てくるスターみたいだ。つやめく長い黒髪が、さっと頭をふって髪をはらうと、ほほえんでウインクしてきた。片方の目にかかっている。ぼくもほほえみ返す。ディロンはアメリカ人みたいだけど、きっとぼくと友だちになりたいんだ。

CHAPTER 2

JOE
ジョー

ぼくの名前はジョー。でも、その名前で呼んでくれる人は、あんまりいないんだ。学校を楽しいと思ったことは一度もない――あ、ランチは別だよ。特技は「食べること」。小さいころから年のわりに大きかったけど、最近どんどん背がのびて、何週間か前に買ったばかりの服も、もうきつい。それにいつもおなかがすいている。

学校の食堂では絶対食べたくないって子が、たくさんいる。どんな材料を使っているかわからないし、まずいからだって。ぼくはそんなこと気にしない。一週間のメニューはいつも同じ順番で、チキンフィンガー→ハンバーガー→チリ→マカロニチーズ→ピザ。そうそう、火曜日がハンバーガーで水曜日がチリなのには、わけがあるんだ。この学校じゃ、ハンバーガーは再利用されるから。うわあ……って思うかもしれないけど、そんなに悪くないよ。火曜日に残ったハンバーガーを、豆や他のよくわからない材料といっしょに大きななべに入れると……変身！　水曜日のチリのできあがり。

ぼくは学校ではあんまり話をしない。親友のふたご、エヴァンとイーサンは、あえてぼくのことを「おしゃべりマン」と言ってからかっていたけど、これからはそんなふうに呼ばれることもなくなる。ふたりとも夏休みの間に引っ越しちゃったから。じつはふたりのこと、変なやつらだなって思っていたけど、いなくなったら、だんだんさびしくなってきた。

四年生のときは毎日三人でランチを食べていたし、三人とも特別支援教室でサポートを受けていた（といっても、かかえている問題はちがうけど。たとえばあのふたりはすごく興奮しやすいタイプで、ぼくはそうじゃない）。でも今年はフロスト先生のところにひとりで行かなくちゃいけないし、だれとランチを食べればいいんだろう。きっとひとりで食べることになるんだろうな。

食堂でもだれにも話しかけないから、ぶあいそうだって思われてるのはわかっているけど、食堂はさわがしくてぼくにはつらいんだ。そういうこと、みんなにはわかってもらえない。

ぼくの脳は、騒音に弱いんだ。

去年の担任はバーンズ先生で、最高の先生だった。フットバッグっていう小さな布のボールを、失敗せずにひざで百回けり続けられるんだ。先生が学校に持ってくるまで、フットバッグなんて聞いたこともなかった。先生のボールはピンクだから、ディロンは笑っていたけど。ディロン、先生のいないところでこそ言って、女の子たちとニヤニヤしていた。女子っていやだな。「あれ、女子のなにがいやなんだったっけ?」ってときどき考えるけど、すぐ思い出す。「そうだ、なにもかもいやなんだ」って。

バーンズ先生はアフリカ系アメリカ人で、髪の毛は全部そっていて蝶ネクタイをしている。自分で結ばなくちゃいけない、ちゃんとしたタイプの。先生はきっと、フロスト先生にぼくのことを聞いていたんだと思う。みんなの前で発表するように言われたことも、前に出てホワイトボードに算数の答えを書くように言われたことも、一度もないから。ぼくみたいな生徒には、そういうのはつらいってことを、わかってくれていた。

注目を浴びても平気な人もいる。ディロンみたいに。ディロンはズボンをずり下げてはくから、いつもパンツが少し見えているけど、あれ、わざとだよ。ディロンのパンツには$マークとかサイコロ、ロブスターの絵がついていて、祝日には特別バージョンに変わる。たとえばハロウィンにはキャンディコーン、クリスマスにはツリー、バレンタインデーには赤いハート、というふうに。それにあの舌も人気。ディロンの舌は長くて悪魔みたいにとがっていて、つき出すと女子はさわぐ。それに自分のことを学校で一番かしこいと思っているみたいだけど、たぶんそれ、合ってる。一番ズルがしこいから。ディロンみたいになれたらどんなだろうってときどき考えるけど、ぼくには一生その答えはわからないだろうな。

　バーンズ先生は、ぼくを好きになってくれた初めての先生だ。フロスト先生もぼくを好きだと言ってくれるけど、みんなのことが好きな先生だから数に入れていない。四年生の通知表に、バーンズ先生はこう書いてくれた。

『きみはかけがえのない生徒です』

ママは喜んで、冷蔵庫に磁石でとめた。今もそこにあるよ。

新学期のはじまりの今日、学校に着いて最初に会ったのはバーンズ先生だった。赤い蝶ネクタイには小さな青いクジラの絵柄がついていて、新しいネクタイだってすぐにわかった。少なくとも、ぼくは見たことがない。去年、先生は十七種類の蝶ネクタイを同じ順番でつけてきた。最初はダイヤモンド柄の緑のネクタイで、最後はオレンジと紫のしましまのネクタイ。食堂のメニューに続く、ぼくのお気に入りの〝順番〟だ。

「やあ、ジョー。五年生になった気分はどうかな？」

先生が声をかけてくれた。

「いいです、今のところは」

今年は去年までとはちがうかもしれない。ディロンと別のクラスになれるかも！

そう思っていたけど、自分のクラスに行くと、ディロンがいた。窓ぎわに立っていて、水玉もようのパンツが見えている。ルーシー・マリガンとうるさい女子が周りにいて、

「やって、やって！」ってしつこく言っている。舌を出してほしいんだ。

でも、ディロンはやらない。

「やってやれよ！」

トム・ディンキンスはそう言って、舌をべろべろ出している。ディロンみたいになりたくてまねしているんだけど、女の子たちは目もくれない。

「かくごしろよ。夏の間にもっと長くなったみたいだからな」

ディロンが言うと、ファンクラブの女の子たちはとびはねてさけんだ。

「キャー！」

ディロンについて言えることがある。もりあげ方がほんとにうまいんだ。

さけび声が、ぼくの脳にひびく。フロスト先生が教えてくれた方法で息をする。

三秒吸って、三秒はいて。

それでもだめなときは耳栓をする。いつでも使えるようにポケットに入れてあるから。いろんな色のが売っているけど、目立たないベージュが一番。空気を通すゴムで作られているから、つけていても話し声は聞こえる。水の中にいるみたいに、まくらに顔をうずめたみたいに、やわらかく聞こえるんだ。学校ではいつでも耳栓をつけていいことになっているけど、使うのは食堂か校庭にいるときと、体育の時間がほとんどだ。

「静かに。席について」

新しい担任のビーム先生が言った。この学校に来たばかりの先生で、今までの担任の先生たちよりずっと若い。下半身のほうが上半身より太くてなんだかおかしいし、先生なのにぼくより背が低いっていうのもちょっと変な感じだ。それにきんちょうしているのか、まゆ毛が引きつっている。

生徒は名字のアルファベット順に座ることになっていて、ぼくの名字はＳｙｌｖｅｓｔｅｒでディロンはＳａｍｒｅｅｎ。だから、幼稚園のころから毎年、ぼくの席はディロンの後ろ。ディロンの後頭部がどんな感じかは、目をつぶっていてもはっきり思い出せる。机にはビーム先生が作った名札が置いてあって、いつもどおりディロンの後ろの席だと思って歩いていくと、もうだれかが座っていた。分厚いメガネをかけた小さな男の子で、てかてかの黒い髪をななめにわけている。こんな子、見たことないな。ディロンほどじゃないけど、ぼくより肌が黒い。どこの出身だろう？
名札に書いてある名前は、長くて読み方がわからない。

この子もきんちょうしているみたい。やたら鼻をこすってうつむき、教会にいるみたいにひざの上で組んだ手を見つめている。目がくらむほどまっ白なシャツで、ズボンにしっかりすそを入れ、ボタンを一番上まできっちりとめている。先生が自己紹介するように言うと、軍隊みたいに立ちあがって、先生を「マム」って呼んだ……。ちゃんと聞きとれたのは、その言葉だけだった。みんなに笑われているのを見ながら、ぼくはこっそり思った――五年生は、今までよりちょっといい年になりそうだぞ。

変わった名前とおかしなアクセントのこの子が、ぼくに代わってディロンの新しいターゲットになってくれるかも。

CHAPTER 3

RAVI
ラビ

「今日から新しいクラスですから、ゲームをして仲よくなりましょう」

ビーム先生がそう言った。アメリカの学校でやることは、ぼくにはかんたんすぎるということが、もうわかってきた。インドの学校では、授業でゲームなんか絶対にしない。四年生の最初の日、担任のアラン先生はいきなりテストをしたくらいだ。

ビーム先生がひとつ目に教えてくれたのは、「フルーツバスケット」という、聞いたことのないゲームだった。鬼をひとり決めて、他の生徒は果物のチームにわかれる。ぼくはバナナでディロンはリンゴチームだった。そして円をえがくようにいすをならべ、鬼以外は全員座る。鬼がたとえば「バナナ！」と言ったら、バナナチームは立ちあがって席を交換する。そのすきに鬼があいた席に座り、あぶれた人が次の鬼になる。

「ウインク殺人事件」というのもやった。「犯人」というくじを引いたひとりが、こっそり他の人にウインクする。ウインクするところを見てしまった人は死んだふりをしてたおれる。他の人はだれが犯人か予想し、手を挙げて犯人の名前を言うんだけれど、当たらないうちに全員死んでしまったら犯人の勝ち。でも、このゲームはまぎらわしかった。ディロンが、犯人じゃないときにもぼくにウインクしてくるから。

最後にやった「ベン・フレンズ」というゲームでは、先生が生徒をふたりずつペアにした。ディロンとペアになりたかったけれど、ぼくの相手は青白くてやせたエミリー・ムーニーという女の子だった。先生は説明した。

「今から少し時間をとりますので、おたがい質問し合ってください。相手について、たくさん知ることができるように。たとえば、好きな音楽や食べもの、スポーツとかね。質問が終わったら、ふたりの共通点を全部、図にまとめてください」

「意味わかんない」

そばかす顔の赤毛の男の子が言った。やり方を知らないようで、先生が説明をはじめた。インドでは三年生で習う方法なのに。

「それぞれ円をかいて、その中に相手についてわかったことを書き入れます。それからふたりで、今度はふたつの円を半分重なるようにかきます。重なっている部分に、共通点を書き入れてください」

はじめ、このゲームは楽勝だと思っていた。でもなにか質問するたびに、エミリーはくすっと笑って「なに？」と聞き返す。ぼくが答える番のときもそう。お父さんは、いつかぼくも女の子に興味(きょうみ)をもつ日が来ると言っていたけれど、その日がまだ来ていないのは確(たし)かだ。先生が「時間です」と声をかけたとき、円の重なる部分に書けたのは、ぼくが考えた「ビーム先生のクラスの生徒」だけだった。先生に、そろそろランチの時間だと言われたときはほっとした。

インドの学校ではランチは一時からだったけれど、この学校では五年生は十一時半かららしい。食堂(しょくどう)に入ると、まずディロンをさがした。インドではいつも親友のプラモッドと食べて、食べ終わると学校の裏庭(うらにわ)でクリケットをしていたから。

スタッフからランチを受け取る列に、ディロンがいるのが目に入った。チキンフィンガーという、聞いたことのないメニューだ。食堂の席がどんどんうまるなか、向こう側にすいている席を見つけて座った。ディロンを待つ間、ナプキンを慎重に広げ、中からスプーンを出した。あまりおなかはすいていないけれど、手作りのお弁当を食べなかったら、お母さんはきっとショックを受けるだろうし。

今朝、お母さんはなべをかき混ぜながら言っていた。

「このウップマ、ちゃんとインド産のギーを使ったのよ。セモリナからはたっぷりエネルギーがとれるから、一日目にぴったりよ、ラビ」

ウップマは、セモリナという小麦粉と野菜を、すましバターのギーでいためてから煮こんだ料理だ。

するとお母さんの肩ごしに、おばあちゃんがのぞいて口を出した。

「かたまりができているじゃないか」

食堂でそんなことを思い出しながら、ステンレスの弁当箱を開けようとしたとき、ディロンがトレーを持って通りかかった。そういえばさっき授業中に、ディロンの赤い水玉もようのパンツが見えた。ぼくがはいているのは、デパートで買ったまっ白なパンツで、お母さんのこだわりでアイロンもかけてある。もしぼくがディロンのようなパンツをはいたとしても、あんなふうに人に見せることは絶対にしない。

今日はディロンとランチを食べたかったけれど、ディロンは窓ぎわのテーブルに他の男の子たちと座ってしまった。ぼくには特別支援が必要だとビーム先生が言っていたことを、ディロンと笑い話にして、うさ晴らししようと思っていたけど、しかたがない。あせらなくても、すぐに仲よくなれるはず。ディロンは午前中、ずっとぼくに笑いかけたりウインクしたりしていたから、きっと早く友だちになりたいんだと思う。

そのとき、金髪の白人の男の子が来て、ぼくのテーブルの向かい側にトレーを置いた。シャツにしわがよっている。体が大きいから、座った拍子にテーブルがゆれて、ぼくの弁当箱がとびはねた。あいさつもしてこない。教室で後ろの席にいた子だということはわかったけれど、名前は思い出せない。

なんだかぶあいそうだ。皿がからになるまで、フォークで一気に口に押しこんでいる。朝ご飯を食べてこなかったのかな。耳に入っているのはなんだろう?

ぼくも少しおなかがすいてきた。ナプキンをひざに広げて弁当箱に顔を近づけ、ウップマのにおいをかぐ。おばあちゃんはあんなことを言っていたけれど、かたまりなんてないし、おいしくてすぐに食べ終わった。手を洗って口をすすぎたかったけれど、食堂に手洗い場が見つからない。うで時計を見ると、ベルが鳴るまであと十分ある。ぼくはスプーンをナプキンに包んで弁当箱に入れ、ふたを閉めた。

手を洗おうとトイレに向かっていると、窓ぎわの席から大きな笑い声が聞こえてきた。ディロンがなにかじょうだんを言ったらしく、ヒーローみたいにみんなに囲まれ背中をたたかれている。ぼくはにっこり笑った。わかるよわかる。ぼくもディロンと同じタイプだから。ひとりでランチをするのは今日だけ。明日はディロンのとなりで食べることになるだろう。

CHAPTER 4

JOE
ジョー

今日は月曜日。食堂のメニューはチキンフィンガーと缶詰の豆、スライスしたリンゴだ。朝ご飯はたくさん食べたし、まだ十一時半だけど、馬一頭だって食べられそうなくらい腹ペコだよ、ほんとに。だから超特急で列にならんだ。前はいつもイーサンとエヴァンといっしょにまん中のテーブルで食べていたけど、これからはひとりだから目立たないようにしよう。スタッフからランチを受け取ると、ずっと下を向きながら、おくのテーブルまでトレーを運んだ。よし、今のところセーフ。

おくのかべぎわにあるテーブルは、ごみ箱の近くだからだれも座っているのを見たことがない。五年生はランチの時間が一番早いから、ごみ箱のにおいはまだそんなにしないはず。ぼくはそこに座って耳栓をつけ、料理を三秒で口につめこんだ。まだ足りないけど、おかわりを取りにいって目立ちたくないし……。チョコレート牛乳の残りを流しこんだとき、テーブルの向かいにだれかが座っているのに気がついた。あ、ぼくの前の席の、あの小さな転校生だ。分厚いメガネと長い名字の。見たことのないタイプの弁当箱を開けて、スクランブルエッグみたいな料理を食べている。

そのとき、ロバート・プリンセンサルがぼくの近くを通って、肩にぶつかった。たまたまだと思う。ロバートもディロンのとりまきで、ディロンみたいになりたがっているけど、同じとりまきのトムとちがうのは、ひとりでいるときはいじわるじゃないってとこだ。

「ごめん、ねこたん」

そう言って歩いていった。

ぼくの名前はジョー・シルベスターだけど、ディロンのせいで学校では『ねこたん』のあだ名で知られている。昔のアニメで、トゥイーティーっていう小鳥がねこのシルベスターを「ねこたん」と呼んでいるから。「ねこたんがいるの、見たんでちゅ」って。みんなにはちゃんとジョーって呼んでほしいけど、ディロンがあだ名を決めたら、それが好きでもきらいでもみんなにそう呼ばれるようになる。だからぼくは学校では『ねこたん』なんだ。

前に、あだ名に気づいたママが言ってきたことがあった。

「ニックネームをつけられるのは、好かれているからよ」

「いや、絶対ディロンはぼくのことをきらってる」

「きらわれる理由なんてないじゃない」

ママはぼくの頭のてっぺんにキスしてそう言った。いつもそういうことをする。だから今朝も、くぎをさしたんだ。

「食堂でぼくを見かけても、知らないふりしてよ。ママだってバレるようなそぶりはしないって約束して」

「約束するわ」

ママはそう言ったけど、信用できないよ……。

食堂で目の前にいる転校生は、食べることに集中している。ぼくは食べ終わったから、座ったままディロンを見ていた。よくそうするんだけど、別に見たいからじゃない。見とかなくちゃいけないから。

二年生だったとき、こんなことがあった。

校庭のベンチに上着を置いておいたら、ディロンがポケットに土をいっぱいつめこんだんだ。そういえば、宿題ファイルにケチャップの小袋を入れられていたこともあって、ディロンはそのファイルをパンチしてケチャップを破裂させた。だれも見ていないところでは、いつもぼくのシャツを引っぱったり、なぐるまねをしたり、つまずかせようとしたりする。ディロンが一番好きなのは、ぼくの後ろにしのびよって、いきなり大きな声を出すことだ。どれだけびっくりするか知っているから。

ディロンにぬすみぐせがあるのに気づいたのは、去年のことだった。ディロンの家はお金持ちだから、ものがほしいんじゃなくて、いたずらでやっているんだ。えんぴつけずり、手袋(てぶくろ)、歯の矯正器具(きょうせいきぐ)のケース——なんでもぬすんで、バレないようにズボンのウエストにはさみこむ。ぼくが気をつけて見張(みは)るようになってからも、何百回もぬすんでいるけど、ディロンに言ったことはない。だって、そんなことしてもなんにもならないでしょ？　言いわけして倍返しされるだけだよ。

ポケットの土に気づいてから、ママはぼくがいじめられているんじゃないかと心配するようになった。

「サムリーンさんのところの子に、なにかされているんじゃないの？」

「ううん」

うそだ。でもそう答えるしかなかった。

「フロスト先生に相談しようかしら」

「やめてよ！　なにもないって」

「心配しているのよ、ジョー。友だちが遊びにきたことも一度もないし」

「友だちならいっぱいいるよ」

「たとえば？」

「イーサンとエヴァン」

「バードックさんのところのふたご？　あの子たちは、あらっぽいから」

ママはあのふたりのあらっぽさを、半分しか知らないけどね。イーサンは親の車のかぎを勝手にとって、パジャマ姿でこの辺を運転してまわったことがあるんだ。それにみんな知らないけど、学校のトイレのかべに落書きしたり、丸めてぬらしたトイレットペーパーを天井に投げてくっつけたりした犯人は、エヴァンだ。


食堂でディロンがとりまきと大笑いしている。今だ、トレーを片づけるチャンス！

ぼくがディロンを見ている間に、あの転校生は出ていったみたいで、姿が消えている。

ぼくはタイミングをのがさないよう、トレーを持ってごみ箱へ向かった。でも……

「おっと、ねこたん。元気？」

ディロンがやってきて、肩にうでをまわしてきた。心臓がバクバクし、うでを置かれたところがじっとりと汗ばむ。ディロンは、いつかテレビで見たワニみたいだ。水面から目だけ出して待ちぶせし、えものをおそうタイミングを待っている。

「元気だよ」

そう言ってはなれようとしたけど、ディロンはうでの力を強め、もう片方の手でぼくの右の耳栓を取って床に落とし、足でふんだ。虫をつぶすみたいに。

三秒吸って、三秒はいて。

「おい、ねこたん。出ていく前にききたいことがあるんだけど」

「う、うん……」

ぼくは足元を見つめている。片方しか耳栓が入っていないと、バランスがとれなくて落ち着かない。

「気のせいかなあ。あの新しいスタッフ、見覚えないか？」

そんなに耳の近くでしゃべらないで。

なにも答えず、うつむいたまま息をする。

三秒吸って、三秒はいて。

くつひもが、片方ほどけている。

「見てみろよ、ねこたん。だれだかわかったら教えてほしいんだよなあ」

ディロンは頭をふって、前髪をはらった。身動きがとれない。

「ああ、ねこたんにはむずかしい質問だったかな？　もっとゆっくりしゃべってやろうか？　み、て、み、ろ、よ」

見たくなかった。でも他にどうすればいいの？　頭をあげるとママが食堂のまん中に立っているのが見えた。赤と白のしまもようのエプロンをつけて、首からホイッスルをさげている。ぼくの視線に気づくと、ぱっと笑顔になり投げキッスをしてきた。心臓発作を起こすかと思った。心配していたことが現実になった。今朝くぎをさしたのは、このことだったのに！　火の中にいるみたいに顔が熱い。

「ねこたん、ママを傷つけたくないだろ？　投げキッス、返せよ」

ディロンのとりまきの、トムとロバート、ジャックスも、トレーを片づけにこっちへやってきた。

「どうしたの、ディロン？」とトム。

「ねこたんがママに投げキッスするって。あそこに立ってるスタッフだよ。よごれたおむつもかえてもらったら？」

ディロンがそう言うと、トムは笑った。

「ゲーッ」とジャックス。

「うそだろ、ねこたん。あれ、ほんとにお母さん？」とロバート。

そのとき、突然ベルが鳴って、ぼくはとびあがった。教室にもどる時間だ。みんながいっせいに片づけようと、こっちに向かってきた。ディロンはにやりと笑ってぼくにウインクすると、うでをはなして歩いていった。いなくなったけど、これで終わったわけじゃないってことくらいわかる。ぼくはふるえる足どりでなんとかトレーを片づけ、急いで食堂から出ていった。

その日はそれからずっとうわの空で、手も挙げていないのにビーム先生から二回も名前を呼ばれた。

五年生は今日はじまったばかりなのに、もうお先まっ暗だ。

CHAPTER 5

RAVI
ラビ

帰りのバスからおりると、すぐに質問ぜめにあった。お母さんがきく。

「ラビ、初日はどうだった？　友だちはできた？　宿題は出たの？　トイレはきれいだった？」

「クラスにインド人は何人いるんだい？」

おばあちゃんもきいてきた。バス停でぼくを待ちかまえていたらしい。ドアが開く前から、ふたりが首をのばしてぼくをさがしているのが見えていた。

お母さんはぼくの肩から緑のリュックサックを外して、代わりに持った。家まで自分で持ちたかったけれど、持ってあげると言ってきかない。

「担任の先生はビーム先生っていうんだ。宿題は本読みが少し。トイレはきれいだったよ」

「クラスにインド人は何人いるんだい？」

おばあちゃんはまたきいた。

「いなかった」

ディロンのことは言わなかった。おばあちゃんがインド系アメリカ人のことをどう思っているか、知っているから。

地区のまん中にある大きな池の横を通りすぎるとき、お母さんが指さして言った。

「この池に近づいてはだめよ、ラビ」

「落ちておぼれるといけないからね。ヒルもいるっていうし」

おばあちゃんがたたみかける。風にふたりのサリー（インド女性の民族衣装）がなびき、お母さんは右手で押さえた。左手にはリュックサック。

「お弁当、食べた？」

「ねえ、お母さん。家に着いてからにしてよ。ちゃんと全部話すから」

ぼくは言った。

「どうして今じゃだめなのさ？　ウップマ、おいしくなかったんだろ？　かたまりがあるってちゃんと言ったじゃないか。あたしに文句言うんじゃないよ」

おばあちゃんは主張したいことがあると、電動ドリルの先のような勢いでいつまでも言い続ける。おじいちゃんは、いつもうまくかわしている。長い小言がはじまると、おばあちゃんが見ていないすきに自分の補聴器のスイッチを切るんだ。

リュックサックをおろしたお母さんを見て、ぼくは目をうたがった。こんな通りのまん中で、お母さんは弁当箱を開けて、ぼくが食べたことをおばあちゃんに証明してみせるつもりだ。子どもたちがじろじろ見ながら通りすぎる。ぼくははずかしくてうつむき、ずり落ちたメガネを押しあげた。

「からっぽですよ」

お母さんは勝ちほこった顔で言って、からの弁当箱を見せた。おばあちゃんはフンと鼻を鳴らす。

「中身をすてたかもしれないじゃないか」

お母さんはなにも言い返さず、首をふって弁当箱(べんとうばこ)をリュックサックにもどした。

同じ家に住んでいなきゃ、ふたりはもっとうまくやれるのに。

ぼくはお母さんからリュックサックをとりもどし、八十三番の家まで全速力で走った。ここに引っ越(ひこ)してきたとき、どの家も同じに見えて、どれが自分の家なのか見分けがつかなかった。でも今は番号を見なくてもわかる。

「待って、ラビ！　かぎがかかっているの。おじいちゃんは昼寝しているし、お父さんは会社よ！」

お母さんが、かぎをふって追いかけてきた。

玄関に着いて待っていると、ふたりが追いついてかぎを開けた。中に入り、目を閉じて息を吸いこむ。お母さんの手料理のにおいでいっぱいだ。おやつにドーサとオバルチンも用意してくれている。ドーサはインド式クレープで、オバルチンは甘い麦芽飲料だ。インドでも、学校から帰ってくるといつもこのメニューが待っていた。

ぼくはお母さんに抱きつくと、おばあちゃんに聞こえないよう、耳元でささやいた。

「ウップマ、おいしかったよ」

「ありがとう」

お母さんもささやいた。

夜ご飯はいつもよりおそくなった。お父さんの電車がおくれて、帰ってきたのは八時前だったから。おばあちゃんは、ひと口食べては料理に文句をつけている。

「このスープはうすいし水っぽいね。スパイスってものを知らないのかい？」

お父さんはお母さんに味方する。

「ひとりで食事を作るのに慣れていないんだよ。一生懸命やっているじゃないか」

おばあちゃんは言い返す。

「あたしだって、こんな味には慣れないよ。かわいそうに、ラビの今日の弁当は、かたまりだらけのウップマだけだったんだよ。聞いてないかい？」

ぼくはちらっとお母さんを見て、あわてて話題を変えた。

「アルバート・アインシュタイン小学校では、お弁当を持ってきている子、ほとんどいないよ。二ドル五十セントはらって、食堂のランチを食べてる」

「肉は入っていない？」

お母さんがきいたけれど、答える前におばあちゃんが割って入った。

「入ってないと言ってたとしても、アメリカ人の言うことが信用できるもんか。サラダ油にもブタの油が入ってるらしいからね」

チキンフィンガーのことは言わないでおこう。

CHAPTER

6

JOE
ジョー

学校が終わると、道の端に車をよせて、ママが待っていた。フロントガラスには、マーシー病院のステッカーがまだはってある。ママはそこで看護師をしていたけど、去年のクリスマスの直前、解雇されたんだ。それで、なにもかも変わっちゃった。このあたりで看護師の求人がある病院はなかったから、ママは仕事が見つからなくて、パパはそれまでつとめていたスーパーよりも給料のいいトラックの運転手になった。八月の終わり、ママはアルバート・アインシュタイン小学校が食堂のスタッフを募集していることを知って、ぼくにひとことも言わずに応募した。

ママは車の窓から身を乗り出して、声をかけてきた。

「乗って」

「いやだ」

顔も見たくないくらい、怒っているんだから。

「ジョー、ごめんね、うっかりしてたの。いつものくせで、つい。ピザを食べにいくってことで許してくれない？」

ぼくは首をふった。ママは、絶対に守らないといけない約束をやぶったんだ。ピザを何万枚出されたって許せない。

「乗って」

ママはまた言った。

「いやだ。歩いて帰る」

歩けば考える時間ができる。今日起きたいやなことなんて、なにも考えたくないけどね。これ以上ひどい新学期のはじまりなんてある？

ママの車が行ってしまうと、だれかが呼ぶ声がした。

「ジョー！」

ふり向くと、バーンズ先生が追いかけてくるところだった。

「追いついてよかった。今日はどうだったかな？」

のどがキューッとつまって、思わず泣いちゃうんじゃないかとドキドキしたけど、こみあげてくるものをぐっと二回のみこんでこらえた。

「だいじょうぶでした、たぶん」

「ビーム先生はどうだい？」

ぼくは肩をすくめた。

「ぼくより背が低いですね」

先生は笑って、ポケットからシュガーレスガムを出してすすめてくれたけど、ぼくは首をふった。シュガーレスは頭が痛くなるから。

「おなじみの友だち、サムリーン君は今年はどんな感じだい？」

バーンズ先生がピンクのフットバッグを持ってきた日、ディロンはかげで先生にあだ名をつけていた。言ったらママに石けんで口を洗われるくらいの、ひどいあだ名だ。

「友だちじゃありません。それにこんなこと言いたくないんですけど、ディロンとは先生だって仲よくなれないと思いますよ」

「世界にはディロン・サムリーンがいっぱいいるんだよ、ジョー。うまくつきあう方法は、気にしないことだ」

先生はガムの包み紙をはがして口に入れた。バーンズ先生は、ワニにかみつかれた瞬間のシマウマの顔を見たことがないんだろうな。

「アドバイスありがとうございます」

「必要なら書いてあげるよ」

先生はそう言って、ポケットからペンを出した。また、のどがキューッとつまった。紙に書かないとぼくがなかなか覚えられないことを、先生はちゃんとわかってくれている。

「だいじょうぶです。そういえば新しいネクタイ、いいですね」

先生の新しいクラスには、ぼくみたいに蝶ネクタイの順番を覚える生徒がいるかな。

先生はうで時計を見ると、「急いで職員会議に行かないといけないから、今日はもう話せないけど、話したいときはいつでも遠慮なく先生の教室に来るんだよ」と言っ

てくれた。去りぎわにひとこと、

「がんばれ、ジョー」

そう言って。

おなかが鳴った。そういえば、ランチからなにも食べていないな。ピザを食べにいこうっていうママの言葉を思い出して、また怒りがわいてきた。あんなことするなんて。みんなの前で投げキッスするなんて。ママだってわかるようなバカなまねしないでって言ったのに、どうまちがえたらああなるわけ？

いつもは家に歩いて帰ると三十分で着くけど、今日はゆっくり歩く。ようやく家に着くと、玄関で犬のミアが待っていた。ぼくを見て、うれしさいっぱいで必死にしっぽをふり、顔をなめようとする。ぼくは笑って押しのけた。

「やめてよ、ミア。息がレバーみたいなにおいだよ」

ママも待っていた。ソファーのわきに料理雑誌が広げてある。泣いていたんだなってわかった。鼻が赤いから。

「どうしてこんなにおそかったの？　心配してたのよ。話せる？」

「話したくない」

ぼくはキッチンに入ると、カウンターの瓶からクッキーを二枚つかんで、牛乳をグラスいっぱいにそそいだ。二階のぼくの部屋までミアがついてくる。トレーナーをぬいで床に投げると、ドアを閉めた。

おなかがすいているけど、晩ご飯はいらない。あんなことをしたママとテーブルで向き合うのは、いやだから。

CHAPTER

7

RAVI

ラビ

ぼくがシャワーを浴びたあと、お父さんが二階に、おやすみと言いにきた。

「初日がどうだったか聞くひまもなかったな、ラビ。おばあちゃんが言っていたのは本当なのか？　クラスにインド人は他にいないって」

お父さんには本当のことを教えよう。

「インド系の子ならいるよ」

「どんな子？」

「おもしろいし、人気者」

「ラビのＩＱは135だと教えてやればいい。それからインドの学校では、クリケットのチームで一番打者だったことも。その子、きっと感心するさ」

「そんなことわざわざ言わなくても、ぼくと友だちになりたいと思ってるみたいだよ」

「ちょっとくらい教えてあげたって損はないぞ。成績がクラス一だったことは、その子は知っているのか？」

理解してもらわなければいけない相手は、ディロンではなくてビーム先生だということは、お父さんには言わないほうがいいだろう。ぼくの英語力には特別支援が必要だと先生が言っていたことを知ったら、お父さんたちは学校に文句を言いにいくに決まっているから。

そのあと、お母さんがおやすみを言いにきた。

「朝になったら、お弁当にベジタブル・ビリヤニ（野菜が入ったインドのたきこみご飯）を作ってあげるわ。ラビの好きなシナモンとココナッツミルクの味つけでね」

「ありがとう、お母さん」

ぼくはそう答えると、読んでいた『バディじゃなくてバドだ』という本を閉じた。どこまで読んだかわかるように、二週間前に親友のプラモッドからとどいた絵ハガキをはさんでおいた。ビーム先生が読むように言ったのは一章だけだったけれど、とてもおもしろくて、もう八章まで読んでしまった。

「お祈り(いの)りを忘(わす)れずにね」

お母さんはぼくのおでこにキスをすると、電気を消した。

アメリカの学校での一日目は終わった。かんぺきではなかったけれど、新しい友だちだってできた。それに、お父さんのおかげでビーム先生の誤解(ごかい)をとく方法も思いついた。先生、明日は算数からはじめると言っていたんだ。それでぼくを見る目も変わるはず。

CHAPTER 8

JOE
ジョー

五時、ママがもうすぐ晩ご飯だと知らせにきた。

「ミートローフを作ったわよ。雑誌のレシピを見て作ったから、おいしいはず」

ママは料理がうまいんだよな。いっしょに食べたくはないけど、おなかがすきすぎて目まいがする。そのとき電話が鳴って、ママはおりていった。今から帰るっていうパパの電話じゃなければいいけど。ママとぼくの問題にパパが入ってきても、なんにもならないし。どうせいつもみたいに「しっかりしろ、ジョー」って言うだけでしょ？

家じゅうにミートローフのにおいが立ちこめている。においに誘惑されないようにがんばったけど、ギブアップ。一階におり、フォークを取って人類最速のスピードで食べはじめた。ずっと口いっぱいにほおばっていれば、返事ができなくてもしかたないってママも思うはず。

皿がからっぽになると、すぐに部屋にもどって『バディじゃなくてバドだ』を読んだ。先生は一章だけ読めばいいって言ってたけど、それってたった八ページだから続きも読むことにした。なにもじゃまが入らなくて中身がおもしろければ、ぼくだってちゃんといっぱい本を読めるんだよ。この本はバドっていう名前の孤児（こじ）の話なんだけど、その子の話し方が笑っちゃう。たとえば、「ぱっと」って言う代わりに「ズババーンと」って言うんだ。このひびき、ズババーンと気に入っちゃった。

今日の下校前、ビーム先生がホワイトボードに宿題を書いたとき、ディロンがぼくのほうをふり向き、本の題名をもじってからかってきた。

「『ねこたんじゃなくてねこだ』」

先生は気づいていなかったけどルーシーには聞こえたみたいで、笑いすぎていすから落ちそうになっていた。

それから宿題はもうひとつあった。「自分をあやなすもの」っていう、よくわからないやつ。他の宿題とはちがって、先生はホワイトボードに書かずに口で説明しただけだった。それじゃあぼく、わからないよ……。そう思いながらメモをとろうとしたけど、話すのがすごく速かったし、窓の下で芝刈りがはじまったから、わかったのは「提出は金曜」ってことだけだった。フロスト先生、ぼくの障害のこと、ビーム先生に話すの忘れたのかな……。

ママが階段をのぼってくる音がしたから、あわててまくらの下に本をかくし、ベッドに転がって目を閉じた。ママは何回かノックして少しだけドアを開け、ささやいた。

「ジョー、起きてる?」

ぼくのとなりで丸まっているミアは、ママを見るとしっぽをふりだした。ぼくはしっぽがパタパタ当たっても岩みたいにじっとしていたけど、ねむっていないってママにはバレているだろうな。

「投げキッスなんかもう二度としない。約束するから」

食堂のスタッフに応募したと言われたとき、「最悪だ」ってママに言った。でもママは仕事が必要だったし、学校はスタッフが足りなかったんだ。ぼくが学校でたったひとつ楽しみにしていた時間が台なしになったって、だれが気にする？　だれも気にしない。

「いることにも気づかれないようにするわ」

「そうして」

ぼくは、まくらで顔をかくした。

TUESDAY

火曜日

ハンバーガー

CHAPTER

RAVI
ラビ

算数のノートを机にまっすぐに置いた。お母さんに手伝ってもらって、ていねいに茶色いカバーをつけたノートで、ラベルにはこう書いてある。

> 算数
> アルバート・アインシュタイン小学校　五年生
> ラビ・サイアネリヤナン

お母さんの字だ。学校で必要なものは、先週いっしょに文房具店に行って買いそろえてきたけれど、お母さんがラベルは自分が書くと言い張ったんだ。おばあちゃんでさえほめるほど字がきれいだから。

「ノートは一番に先生の目にとまるものでしょ？　第一印象が大事なのよ」

お母さんは、すべすべの白いラベルに慎重に名前を書きながら言っていた。

教室でノートに手をすべらせながら、ぼくはにっこりした。ぼくは、インドの算数オリンピックで三年連続優勝したことがあるくらい、算数が得意なんだ。かけ算も20×20まで言える。お父さんの言っていたとおり、少しくらい才能を見せつけてやっても損はないだろう。今日の午前中にはもう、ビーム先生はぼくがどれだけ優秀か思い知るに決まっている。そうしたら、フロスト先生だの特別支援だの、ばかげた話もおしまいだ。

新しい筆箱をノートの横にそろえた。必要なものが全部そろっていることは、お母さんが確認してくれた。シャープペンシル三本、消しゴムふたつ、十五センチ定規、蛍光ペン二本。それに罫線つきノート、ふせん一パック。

ずっと先生のほうを見ているんだけれど、ぼくがもう準備万端だということにはまだ気づいていない。ホワイトボードに問題を書くのに集中しているから。インドの教室にあったのは、ホワイトボードではなくて黒板だった。チョークのやわらかくこすれる音や、黒板消しの粉っぽいにおいが好きだった。

ディロンの席はあいている。欠席かと思っていたら、授業のはじまる一分前になって教室にかけこんできた。これから起こることを、新しい親友に見てもらえることになってよかった。ぼくの優秀さに打ちのめされるに決まっているから。ビーム先生が口を開いた。

「では、少し復習をしましょう」

ホワイトボードに書かれた問題を見て思った。楽勝楽勝。アメリカではこんな問題をやっているのか。四則演算とか、もっとむずかしいのかと思った。

後ろの席の大きい男の子が「うーっ」といやそうな声を出した。どうしたのかと思って後ろをふり返ったとき、初めて名札が目に入った――ジョー・シルベスター。

そのときジョーが急に顔をあげた。ぼくはにっこりしてみたけれど、ジョーはリアクションなし。アメリカでは、こういうだらしないかっこうで学校に来ていいのか。

ちょっと信じられない。インドでは制服があって、きちんとしたズボンにえりつきのシャツで、ネクタイをつけていた。でもこの子が着ているのは、アイロンもかかっていないTシャツとジャージのズボンだ。

ぼくは前に向きなおって背すじをのばした。いい姿勢でいることも、第一印象をよくするポイントだとお母さんが言っていたから。ジョーは、いすにもたれてずりさがるように座っている。ビーム先生が言った。

「前に出てきて、一問目を解いてくれる人はいますか？」

ぼくはメガネを押しあげて深呼吸すると、手を挙げた。

CHAPTER

10

JOE

ジョー

当たりませんように、当たりませんように、当たりませんように。

ああ……先生がこっちを見ている感じがする。思わず「うーっ」と声が出た。これからどうなるか、もう見えてるよ……。フロスト先生が、ビーム先生にＡＰＤのことを伝えてくれていますように。

幼稚園に入るまで、ぼくになにか問題があることに、だれも気づいていなかった。

入園して最初の一週間、ぼくはほとんどクローゼットにこもって、両手で耳をふさいでいた。担任の先生は、ぼくがホームシックになっているんだと思っていたけど、ちがう。みんなの出す音や声にたえられなかったんだ。
しばらくして、ぼくにはＡＰＤという障害があることがわかった。正式には「聴覚情報処理障害」っていって、聞く能力に問題があるんだって。耳が聞こえないわけじゃないよ。よく聞こえる。むしろ、よく聞こえすぎることが問題なんだ。

フロスト先生の教室に通っているのは、そういうわけ。どの音に耳をかたむけ、どの音は聞き流すべきなのか、耳と脳をうまく連携させる方法を先生が練習させてくれるんだ。それに先生の教室には、Ｍ＆Ｍ’ｓっていうピーナッツ入りのチョコレート菓子もあって、好きなだけ食べていいって言ってくれるんだよ。

フロスト先生はぼくの問題を理解してくれているけど、他の人たちは全然わかってくれない。だれかが電動えんぴつけずり器を使っているときに先生の指示を聞きとることや、ドアが勝手にバタバタ開いたり閉まったりするときの音、だれかが後ろにしのびよっていきなり大声を出すんじゃないかっていう不安……そういうことがどれだけぼくにとってつらいことなのか、わかってくれない。

それに注目を浴びるのがどれだけいやかということも、わかってもらえない。たとえば先生に当てられたときとか。

ビーム先生がこっちを見たとき、ぼくはいすの背にもたれてずりさがった。もし、ぼくのＡＰＤのことを知っていたとしても、安心できない。だって先生たちの中には、「君は他の子となにもちがわない」という態度であえて平等にあつかうことが、ぼくのためになると思っている人たちもいるから。ちがう、ぼくはみんなとはちがうんだ。いすから落ちそうになるぎりぎりまで、体を低くした。とにかく、当てられませんように。別に算数ができないわけじゃない。ていうか、じつはすごく得意なんだ。でも、みんなの前に立つときんちょうするし、きんちょうすると頭がまっ白になって、答えをまちがえる。

どうやら今日は運がよかったみたい。弓矢がとぶみたいに、前の席の転校生の手がシュンッと宙に挙がった。昨日とはちがう白いポロシャツを着ていて、やっぱり一番上まできっちりボタンをとめている。アイロンがかかってパリッとしたそでは、ぴんと羽みたいにつき出していて、なんだかおかしい。机には文房具がずらっとならんでいて、その中にあるぴかぴかの真新しいシャープペンシルを、ディロンは泥棒がねらいをさだめる目つきでじっと見つめている。

先生はまっすぐぼくを見た——と思ったんだけど、代わりに名前を呼ばれたのは転校生だった。

セーフ。

CHAPTER

11

RAVI

ラビ

「ラビ、前に出てきてくれますか？」

さあ、待ちに待ったときが来たぞ。

「はい、マム……あの、ビーム先生」

あわてて言いなおした。急いで立ちあがったから、ひざを机にぶつけて、文房具が全部床に落ちてしまった。算数の実力を見せつけるチャンスをのがしたくなかったから、素早くしゃがんで拾い集めた。ずり落ちたメガネを指で押しあげようとしたとき、なにかかたいものがひたいにぶつかり、痛みが走った。

ジョーの頭だ。どうしてそんな石頭でぶつかってくるんだ？　ぼくがしゃがんだのが、見えなかったんだろうか。ふたりともひたいをなでていると、ジョーの大きな足がぼくの名札をふんでいるのが目に入った。それを見たら、ふいに大きな体の未確認動物「ビッグフット」が頭に浮かんで、ぽろっと口に出してしまった。

「ビッグフット」

するとディロンが笑って言った。

「ウケる」

目の前のビッグフットは、どっしりと座ったままだけれど、ディロンはぼくの横にしゃがんで拾うのを手伝ってくれた。「ありがとう」と言って深呼吸し、背すじをのばす。この瞬間をだれにもじゃまさせやしない。ぼくの見せ場なんだから。ぼくはつかつかと前に進み出ると、先生が手にしていた青いマーカーをうばい、ホワイトボードに向かった。

ひとつ目の問題は「23×13」。目を閉じると、ぱっと答えが浮かんだ。299。でも、ただ答えを言って拍手をもらうだけではつまらない。

さあ、ビーム先生、これまであなたが見たこともないようなショーを、お目にかけますよ。

「古代からひそかに受けつがれてきた、マジックをお見せしましょう。タネもしかけもありません」

ぼくは朗々（ろうろう）と告（つ）げた。教室は静まり返っている。先生もおどろいているはず。

ショータイムのはじまりだ！

ぼくは青いマーカーで23、その下に13と書くと、今度は赤いマーカーでふたつの一の位をつなぐ矢印を書いた。

「3×3＝9」

答えの一の位のところに青で9と書き、緑のマーカーをとって23と13の数字の間にふたつの矢印をクロスさせる。

「2×3＋3×1＝9」

答えの十の位のところに青で9と書く。

教室を見まわすと、みんなかたまっている。ふふん、うまくいっているぞ！　ぼくはオレンジのマーカーで

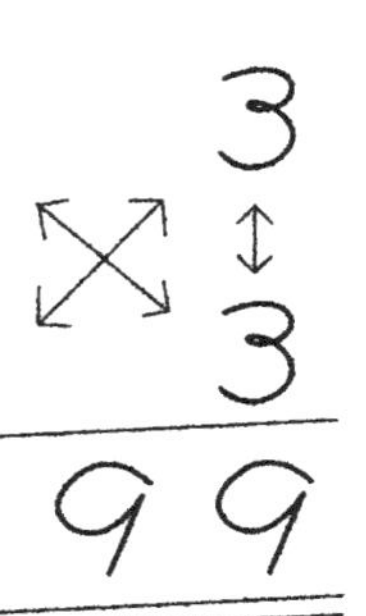

ふたつの十の位の数字をつなぐ矢印を書き、「2×1＝2」と言って、答えの百の位のところに青で2と書いた。

「答えは299です！」

高らかに宣言し、紫で答えに下線を三本引くと、マーカーのキャップをパチンと小気味いい音で閉めた。みんな、ぼくのショーに魅了されて、放心状態でホワイトボードを見つめている。ディロンがにっこり笑ってウインクしてきた。感心したんだな。

ビーム先生もこれで感心しないわけがない。

先生はホワイトボードの矢印を見ながら、ゆっくりと口を開いた。

「ラビ……答えは合っていますし、解き方はとてもカラフルですが……」

ですが？　ですが、なに？

「ここでの解き方は少しちがうんです」

またぼくを、かわいそうに、という目で見る。

「これから勉強する解き方は、矢印は使いません。数字だけで解いていくんですよ」

紫のマーカーが手からすべり落ちた。昨日は先生を「マム」と呼んだことや、呼ばれて立ちあがったことを、インド流だと笑われた。今度は算数まで？　またこのあとなにか、はずかしい思いをさせられるんだろうか？　席にもどるとちゅう、心でつぶやいたその質問に答えるかのように、なにかにつまずいた。思わずたおれ、メガネが落ちて床をすべっていく。

「なんだよ、ねこたん。転校生を転ばせるなんてさ」

ディロンが大きな声で言った。

どうして、こんなことをしてくるんだ？　ビッグフット（だか「ジョー」だか「ねこたん」だか知らないけどさ）とは話したこともないのに。最初は頭突きをされて、次は大足を引っかけてつまずかせるなんて！

「あら大変。だいじょうぶですか、ラビ？」

たおれているぼくのもとに、先生がかけよってきた。

ぼくがやりたかったこと、それは、

1 ジョーの大きな足のことを、けなしてやる

2 「傷ついたのはひとつだけ、それはプライドです」と先生に言ってやる

3 「ぼくの名前の発音はラビじゃない!!!」と大声でさけぶ

でも実際にやったことは、

1 ぐっと言葉をのみこむ

2 立ちあがる

3 メガネを取りにいく

……お父さんのアドバイスなんか、なんの役にも立たなかった。ふりだしに逆もどり。なにか変化したことがあるとしたら、ビッグフットのせいでひたいにこぶができて、名札に大きな足あとがついたことだけ。

CHAPTER

12

JOE

ジョー

前に出てきて、ひとつ目の問題を解くようにと先生が言うと、転校生はびっくり箱からとびでるみたいに勢いよく立ちあがった。メガネが鼻にずり落ちて、名札や文房具がとび、床に散らばった。

先生は「ラビ」って呼ぶけど、昨日の自己紹介のとき、この子が「ビ」のほうにアクセントを置いて「ラビ」って発音していたのをはっきり覚えている。名札を拾ってあげようとしゃがんだとき、ラビも同時に取ろうとして頭がぶつかった。イテテ！

ディロンも手伝おうと床にしゃがみこんだけど、なにをたくらんでいるかはお見通しだ。まばたきする間に、ディロンはシャープペンシルを一本、ズボンのウエストにはさんでかくした。

やっと前に出て問題を解いたラビは、あちこちカラフルに矢印を書いた。かっこいいやり方だと思ったけど、先生は全然感心していなくて、ラビはそれからすっかり落ちこんでいた。答えが合っていれば、解き方はどうだっていいと思うんだけどなあ。

おまけに、ディロンに足を引っかけられて転んでいた。ディロンはいつも、死者にむち打つようなことをする。ぼくがやったふうに見せかけていたけど、よっぽどボーッとしている人じゃないかぎり、ディロンのしわざだってわかったはず。だって、どうやったら三メートルも前にいるラビをつまずかせられるっていうのさ。ぼくの足は確かに長いけど、そこまでじゃない。

ラビがメガネを拾いにいって、ビーム先生が保健室の先生を呼ぼうか迷っているすきに、ディロンは後ろを向いてラビのシャープペンシルをもう一本ぬすんだ。

かわいそう……。ちょっとアドバイスしてあげたほうがいいかな。たとえば「ものを置きっぱなしにしないほうがいいよ」とか、「ウインクされたときは気をつけて」とか。ディロンはなにかたくらんでいるとき、必ずウインクするんだ。

ランチのとき、ラビとまた同じテーブルに座ることになるかもしれないけど、ぼくは気にならないな。服がピシッとしすぎていたり、お弁当もなんだか変わっていたり、ぼくらとちがうところがいろいろあるけど、別にそれだけのことだし。

CHAPTER 13

RAVI
ラビ

インド式計算法でも先生を感心させられなかったし、つまずいて転んだし、もう早く午前の授業が終わってほしい。ランチはディロンと食べながら、ふたりでビッグフットに仕返しする方法を考えよう。そういえばインドの学校にいたとき、ハッサンというやつが、ぼくのスポーツバッグから革のグローブをぬすんだことがあった。その日の放課後、ぼくは友だちといっしょにそいつをつかまえて、赤んぼうみたいに泣くまで追いつめて、グローブを取り返してやったんだ。

「それでは社会の教科書を出して、十ページを開いてください。最初の段落を読んでくれる人はいますか？」

ビーム先生に言われ、ディロンが手を挙げてぶらぶらゆらしたけれど、当てられたのはキース・キャンベルという男の子だった。

「『十八世紀、先住民のほとんどがニュージャージーから追放されました。代々住んでいた先住民の子孫は、身をかくしたり白人に……』」

次の単語が読めなくてつまずくと、先生が教えた。

「『同化』と読むんですよ。ではみなさん、いっしょに」

「同化」

全員で声をそろえて言った。

「この単語の意味、だれかわかりますか?」

先生にきかれて手を挙げたのは、ぼくだけだった。

「ラビ、どうぞ」

インドの学校でのくせで、うっかり立ちあがるところだった。先生を感心させるチャンスがまたやってきたんだから、絶対にへまはできない。

「同化というのは、生物が外部から取りこんだ物質を、体の一部に変えることです」

自信たっぷりに言った。先生はほほえんだけど、また同情するような顔をしている。

「ごめんなさいね、ラビ。説明が聞きとれなくて。アクセントがちがうから、もっとゆっくり話したほうがみんなわかるんじゃないかしら」

顔がまっ赤になった。ぼくはなにをやってもダメだということ？　でもこのくらいでめげるぼくじゃない。傷ついたプライドをぐっとおさえこんで、ゆっくり、アメリカ人っぽく舌を丸めながら発音した。

「どうかと　いうのは、せいぶつが　がいぶから　とりこんだ　ぶっしつを、からだの　いちぶに　かえることです」

「ありがとう、ラビ」

先生はそう言いながらも、表情は変わらない。

「でもこの文の中では、『同化』という言葉は『周りと同じになる』という意味で使われているんです。落ちこまないでね。よくがんばってくれたと思いますよ」

がんばった？　それがぼくにかける言葉？　ぼくの説明は一〇〇パーセント合っているはず、まちがいない。記憶力はずばぬけているんだから。四年生の理科の教科書にのっていた説明を、はっきり思い出せる。

先生はキースに続きを読むように言った。

「『代々住んでいた先住民の子孫は、身をかくしたり白人に同化したりしました』」

「ありがとう、キース。次の段落を読んでくれる人？　ジョーはどう？」

ビッグフットはいすからすべり落ちて、とっさにつぶやいた。

「無理」

「なんですって？」

先生のまゆ毛が、感電したいも虫のようにピクピクけいれんした。インドのアラン先生だったら、こんな口のきき方は絶対に許さない。ビーム先生はどんな罰をあたえるんだろう。そのときドアが開いて、モップのような白髪頭の女の人が顔をのぞかせて言った。

「ジョーを連れていってもいいですか？　今日このあとの時間は、わたしのところで授業を受けさせますね」

「どうぞ。ああ、そういえば、転校生についてご相談のお手紙を書いたんですが、読んでいただけました？　少し支援をお願いしたいので」

ビーム先生はそう言った。

このモップ頭の人がフロスト先生？

「ええ、読ませていただきました。もしよければ、その子も今連れていきましょうか？話をしてみて、もしきちんと支援申請が必要な場合は、あとで書類を用意します」

なんの話？

「ラビ、ジョーといっしょにフロスト先生についていってくださいね」

ビーム先生にそう言われ、時計を見ると十一時二十五分だった。ぼくはきいた。

「もうランチの時間ですけど」

「ジョーとわたしと三人で食べましょう。食堂のランチにする？　それともお弁当？」

フロスト先生にきかれ、小さな声で答えた。

「お弁当です」

モップ頭先生とビッグフットといっしょに、特別支援教室でランチするなんてごめんだ。友だちと食堂で食べたい。ビーム先生が声をかけた。

「ラビ、フロスト先生が支援をしてくださるそうですから、荷物を持ってついていってくださいね、急いで」

ぼくがやりたかったこと、それは、

1 「支援なんかいらない」と言ってやる

2 「同化」の意味を知らないのは先生のほうだと教えてやる

3 先生のボーボーのいも虫まゆ毛をバカにしてやる

でも実際にやったことは、

1 大きなため息をつく

2 リュックサックに持ちものを入れる

3 立ちあがり弁当箱を取る

……それだけだった。

CHAPTER 14

JOE
ジョー

なんていいタイミング！　フロスト先生に思わずキスしたくなっちゃった……って、本気じゃないよ。でも先生が来たのを見て、「ラッキー！」って思った。

「今日このあとの時間は、わたしのところで授業を受けさせますね」

うん、そうして！

するとビーム先生は、ラビも連れていくようにお願いした。ラビ、むっとしているみたい。ぼくも初めてフロスト先生の教室に行くことになったときは、むっとしたよ。先生がぼくをむかえにきたときのみんなの視線が、いやだったから。でも、もう慣れちゃった。フロスト先生のことが好きだし、特別支援教室はいごこちがいいんだ。静かだしＭ＆Ｍ’ｓがあるし。ピーナッツのＭ＆Ｍ’ｓには、赤や緑、黄色、茶色、オレンジ、青があるけど、味はまったく同じ。

ぼくは先生とならんで廊下を歩いていった。ラビは口をつぐんだまま、少し後ろをついてくる。教室に着くと先生は言った。

「ここよ、ラビ」

フロスト先生の声は、アニメの鳥みたいに細くて甲高い。そして髪の毛は、車の洗車場でまわる長いふさふさのモップみたい。先生はドアを開けたけど、ラビはつっ立ったまま入ろうとしない。

「どうかした、ラビ？」

ラビはメガネを押しあげ鼻をこすると、胸をはってぴーんとまっすぐ立った。

「ぼくの名前はラビじゃありません。ラビと発音するんです。名字の正しい発音はあえて教えません。どうせ発音できないに決まっていますからね」

先生はあっけにとられている。

「発音をまちがっていたかしら。ごめんなさいね、悪気はなかったのよ」

ラビはまたメガネを押しあげた。

「この教室に用はありません。ぼくの英語はかんぺきですし、インドではクラス一の成績でした。それにIQは135あるんです。特別支援なんて必要ないです。この子といっしょにしないでください」

なまりのある英語でまくし立てて、ぼくを指さした。


フロスト先生の教室には、幼稚園のころから通っている。ぼくがAPDだということに最初に気づいたのも、フロスト先生だった。それを聞いたとき、ママは泣いて、パパは怒った。「APDだなんてうそだ。医者たちはいつだって、もうけるためにそういう〝うそ〟の診断をするんだ」って。

「ジョー、ちょっと席で待っていてね」

先生に言われ、ぼくは座った。そして、テーブルのまん中の大きなボウルに入ったM&M'sから青いのを取って口に入れ、なめはじめた。

「ラビ」「ラビ」……自然に発音できるようになるまで、何度か口に出してみた。名字だって、練習すれば発音できるようになるはずだけど、わざわざそんなことしなくていいや。今は他に考えることがあるんだ。昨日、パパが仕事のとちゅうで電話してきた。今日、遠出の仕事を早めに切りあげて、家に帰ってくるって。たぶん、食堂でのできごとをママが話したんじゃないかな。

先生はラビを教室のおくの音楽コーナーに連れていった。ラビは座ってヘッドフォンをつけたけど、テーブルの下で足をイライラゆすっているところを見ると、まだ怒っているんだと思う。さっきまでは友だちになれるかもと思っていたけど、今ではありえないってわかる。

別にいいや。

先生はラビが音楽を聞けるように準備すると、ぼくのとなりに座った。

「だいじょうぶ、ジョー？」

ぼくは肩をすくめて、ボウルから青のM&M'sをもうひとつ見つけた。青がぼくのお気に入りなんだ。

「ラビは気持ちが落ち着かないのよ。故郷から遠くアメリカまでやってきて、まだなじめずにいるの。あなたを傷つけるつもりはなかったはずよ」

「傷ついてなんかいませんよ。みんなぼくのことバカだと思ってるし、もう慣れてますから」

先生は悲しそうな顔をした。

「今朝、お母さんが仕事に行くとちゅうでわたしのところに来たこと、知ってる？」

ぼくは首をふった。ママ、どうしていつもぼくのこと、ほっといてくれないのさ。

「なにか他の話をしませんか？」

「たとえば？」

ママと関係ない話題をさがしてみた。

「ピーナッツ入りのＭ＆Ｍ’ｓを、かまないように気をつけてずっとなめていると、口の中で層がひとつずつとけていくのがわかるんですよ。知ってました？」

先生はにっこりした。

「それからそれから？」

「ほとんどの人は、たぶんピーナッツＭ＆Ｍ’ｓは三層でできてると思ってますよね。

でも本当は四層なんです。一層目は一番外側の色のついたかたい層で、二層目にうすくて白い層があるんですけど、それにみんな気づいてない。その次にチョコレートの層があって、それをきれいになめてとかしていくと、つるつるのピーナッツが舌に残るんです」

先生はずっとにこにこして聞いている。

「おもしろいことに気づいたわね。それに〝順番〟になっている」

〝順番〟は、フロスト先生といつも取り組んでいるテーマだ。先生が言うには、ぼくは「はじめに／次に／それから／最後に」と物事を順序立てて考えられるようになれば、頭の中が整理できるようになっていくんだって。

「今日はどれにする？」

先生に言われ、立ちあがって、たなのところに行った。たなにはキッチンタイマーやぜんまいじかけのおもちゃ、オルゴール……いろんなものが置いてある。ぼくは古びたミッキーマウスの目覚まし時計と、アロハシャツを着たサンタクロースの人形が中に入っている電池式のスノードームを選んだ。テーブルにもどるとき、スパイシーな香りがふっとただよってきた。ラビのお弁当のにおいだな。

「準備はいい？」

先生がきいた。目覚まし時計がカチカチと大きな音を立てている。その横にスノードームを置いてスイッチを入れた。きらめく白い吹雪が、サンタの周りをくるくる舞いはじめた。

「準備できました」

先生はスポーツ雑誌をわたした。

「はじめに写真のないページをさがして。次にtではじまる単語に全部丸をつける。それから丸をつけた単語を紙に書き出す。最後にその紙を半分に折ってわたしのところに持ってきて。わかった？」

カチカチカチカチ。時計の音にもスノードームの吹雪が舞うのにも気をとられず、先生に言われたことに集中するよう、脳によく念じた。指示されたことを思い出してくり返す。

「写真のないページをさがす。tではじまる単語に丸をつける」

「それから?」

スノードームのサンタが手にしているプレートには、『ハリウッドにやってきた!』と書いてある。ハリウッドのあるカリフォルニア州といえば、エヴァンとイーサンが引っ越していったところだな。兄弟ふたりとも元気にしているかな。それで『バディじゃなくてバドだ』の一場面を思い出した。バドが、兄弟みたいに仲よくしている親友のバグズといっしょに列車にこっそり乗りこもうとしたけど、結局取りのこされて、そう、その前にディーザっていう女の子にキスをせまられるんだ。もしぼくが女の子にキスされそうになったら、どうしたらいいのかわかんないよ。かみついちゃうかも。

「それからなんだった?」

先生にまたきかれた。あー、やっちゃった。脳のトレーニングのことを、すっかり忘れていた。自分のこういうところが、いやになる。

「うーん……」

「ジョー、集中して」

カチカチカチカチカチ。目を閉じて、一分前に出された指示を一生懸命思い出す。

「tのつく単語を全部ぬきだして、紙に書いて、紙を半分に折って先生にわたす」

「その調子！」

先生はぼくにハイタッチした。ハイタッチなんてダサいってこと、わかっていないんだよな。ラビに見られていなかったか様子をうかがってみたけど、よかった、辞書を見るのに集中している。

しばらくすると、「ビーム先生の教室にもどっていいですか」とまたきいてきたから、先生はラビのところにいった。なにを話しているのかは聞こえないけど、先生が折れて、もどっていいことになったみたい。ラビは持ちものを大急ぎでリュックサックにしまって、ドアに向かった。

別に、どうでもいい。

先生がラビにM&M'sのボウルを差しだした。言ったと思うけど、他にもいろんな色があるんだよ。それなのにラビが取ったのは、青だった。しかもショックなことに、青いのが二個くっついているやつ。すごくめずらしいの。

ラビは「さよなら」も言わず、M&M'sも口に入れず、ポケットにつっこんでドアに向かった。でもなんかちがう。もう怒っているんじゃなくて、悲しそうな顔だった。ぼくにはどうでもいいことだけど。

いなくなってよかった。

「ジョー、すぐにもどるから、そしたらランチにしましょう」

先生がそう言って姿を消すと、ぼくはえんぴつを置いてボウルの中身をテーブルに広げた。ふたつくっついたのがないか全部チェックしてみたけど、ひとつもない。とってもめずらしいんだ。とくに青がふたつくっついたのは。くやしくてしかたなかった。どうして今まで見つけられなかったんだろう。

CHAPTER

15

RAVI

ラビ

「目は、世界に向けて開かれた窓なのよ」

お母さんはいつもそう言う。

小さいころ、お母さんはよくぼくの目をのぞきこんで言った。

「ラビの心と同じように、すんでキラキラしているわ」

でもそれは、ぼくの視力がとても悪いと、病院のバトラ先生が診断する前の話。

幼稚園のころ、ぼくは字が書けなかった。黒板に書かれた文字を正しく書きうつすことができなかったそうだ。それに目を近づけて本を読むから、担任のベンカット先生は、文字を理解する能力に問題があると思ったらしい。検査をすすめられ、お母さんは泣き出した。ぼくに知的な問題があると思われていることが、たえられなかったんだ。問題があるのは視力だと診断を下したのがバトラ先生だった。ぼくがメガネをかけるようになったのは、それから。分厚いメガネをかけると、周りがはっきり見えるようになった。

特別支援教室で、フロスト先生に『フォニックスで遊ぼう』という絵本をわたされた。そしてその文章を、朗読のCDに合わせて目で追うように言われた。表紙には、アルファベットが服を着た変な絵がのっている。こんな絵本を読ませるなんて、バカにしている。赤ちゃんの読む本じゃないか。ぼくは朗読に耳をかたむけるふりをしながら音量を下げ、ヘッドフォンを耳からずらして、先生とビッグフットの会話に耳をすませた。ビッグフットはなにかのお菓子の話をしている。

そのとき、廊下から足音と笑い声が聞こえてきた。ディロンの声だ。

「ビリのやつは、ケツにパンツ食いこみの刑だからな！」

ディロンとランチをするチャンスなのに、こんなところに閉じこめられて赤ちゃん絵本のテープを聞かされるなんて、どういうことだよ！

　ヘッドフォンを外して立ちあがった。

「マム、ＣＤは聞きました。もう行っていいですか？」

「ちょっと待ってね。先にそこでお昼を食べておいてくれる？」

　ずっとここにいろっていうの？　弁当箱を開け、ゆっくりとナプキンを開いた。こんな姿、お母さんが見たら悲しむだろうな。さっきビッグフットがビーム先生に本読みで当てられたとき、ぶつぶつ言っていたのは、たぶん字が読めないからだ。

　そのとき近くの本だなに辞書があるのが目に入って、はっと思いつき、ベジタブル・ビリヤニを急いでかきこんだ。フロスト先生はまだビッグフットと話していて、ぼくが立ちあがり辞書を取り出したのには気づいていない。ぼくは辞書をテーブルに置き、ページを指で追った……あった！『同化』。ぼくは目を細めてゆっくり説明文を読んだ。

『取りこんだ物質を用いて新たな物質を作りだし、体の一部に変えること』

　ほらね！

「やっぱりやっぱり、やっぱりね」

そうつぶやいて、ほくそ笑んだ。ビーム先生にこのページを見せて、負けをみとめさせてやるぞ。クラスみんなの前でまちがいを指摘してガッツポーズをし、これみよがしに一礼してみせるんだ。

きっと勝利の味は格別だぞ！

そしてまた、ビッグフットの声に聞き耳を立ててみると、まだお菓子の話をしている。クラスにいたときはひとこともしゃべらなかったくせに、ここに来たとたん、しゃべりまくり。その話、いつ終わるんだよ？

ぼくはもう一度確かめようと辞書に目をもどし、説明文に指をすべらせた。今度はゆっくりと、一言一句見のがさないように。

『取りこんだ物質を用いて新たな物質を作りだし、体の一部に変えること。――』

そこで本に顔を近づけた。あれ？　まだなにか書いてあるぞ。

『周りと同じになること』

指がとまった。目がおかしくなったんだろうか。いや、バトラ先生のおかげでちゃんと見えているはず。もう一度読んだ。

『周りと同じになること』

辞書を閉じると急いでリュックサックから社会の教科書を出し、一章を開いた。ビーム先生は言っていた――「この文の中では」。あのときキースが読んでいた一文を見直して、一気に気持ちがしずんだ。『取りこんだ物質』なんて、十八世紀のニュージャージー州の先住民の話には、なにも関係ない。

ほんの一分前にぼくがやりたかったこと、それは、

1 勝利宣言する
2 ガッツポーズする
3 観衆に一礼する

でも今の気持ちは、

1 うろたえている
2 はずかしい
3 敗北感を味わっている

……フロスト先生が近づいてきて、となりに腰をおろした。

「待たせちゃってごめんなさいね。クラスにもどりたい気持ちはわかるけど、ちょっとここで話をするほうがいいと思うの」

話すってなにを？　勝利の味は消えてしまった。もうぼくはただ、深い穴をほって、一生頭をつっこんでいたいだけ。

「あなたの手助けをするために、できるかぎりのことをするわ。この教室には、第二言語の問題を克服するためのツールがたくさんそろっているのよ」

「第二言語？」

「あなたにとっては、インドの言葉が第一言語で、英語はあとから覚えた第二言語でしょ？　だから英語のアクセントが独特で、あなたが言っていることをみんなは理解しづらい、とビーム先生に聞いているわ」

ぼくはうなだれた。ぼくにとって、英語は第二言語なんかじゃない。第一言語だ。インドの言葉より、英語のほうがずっと得意なんだから。モップ頭先生、ぼくのことを全然知りもしないくせに、話し方に難癖つけようっていうのか？

「わたしには想像することしかできないけれど、とても大変なことよね。新しい国、新しい学校で生活するなんて。カウンセラーのガーフィンクル先生と話してみたらいいんじゃないかしら。とても話しやすい人なのよ」

息苦しくなってきた。今度はカウンセリングが必要だって？　ぼくは声をしぼり出した。

「クラスにもどっていいですか？」

先生はぼくの手を軽くぽんとたたいた。

「もちろんよ」

やっと解放される。フロスト先生の気が変わらないうちにと、急いでリュックサックに社会の教科書をしまった。ビッグフットは雑誌を見ていて、ぼくが出ていくのには目もくれない。

「お土産をどうぞ。歩きながら食べるといいわ」

先生はカラフルなお菓子がつまったボウルを差し出した。お母さんはぼくにあまりお菓子を食べさせないようにしているけれど、失礼にならないように青いのをひとつ取ってポケットに入れ、特別支援教室を出た。

ふたりで廊下を歩いていき、教室の前まで来ると、フロスト先生は言った。

「来週もう一度話をしない？　そのころには少し学校にも慣れているだろうから」

そして、教室のドアに手をかけようとしたぼくの肩に、手を置いた。

「最後にひとついい？　あなたはジョーについて、なにか誤解しているわ。あなたたちは、すぐに友だちになれるはずよ」

ぼくは首を横にふった。あんなことをされて、友だちになれるわけがない。

「朝、わざとぼくに足を引っかけてきて、そのせいでメガネがこわれるところだったんですよ」

「ジョーは、そんなことしないと思うわ」

「ディロンがちゃんと見ていました。それでぼくに教えてくれたんです」

先生はくちびるをかんで言った。

「わたしはその場にいなかったけれど、もしジョーが足を引っかけたなら、あやまってもらわなくちゃいけないわね。でも、あなたもジョーにあやまらなくちゃ。自分より頭が悪いというようなことを言ったんだから。ジョーが支援を必要としているのは、頭のよしあしの問題じゃないわ。相手のことをよく知らないうちに決めつけては、だめよ」

「でもみんなは、ぼくのことを決めつけているじゃないですか。英語を話せないとか算数ができないとか。そんなのまちがいなのに」

先生はうなずいた。

「そう。思いこみは、たいていまちがっているものよ」

そして、その言葉を覚えておくように、と言った。

CHAPTER 16

JOE
ジョー

フロスト先生は、トレーにハンバーガーを三つのせて特別支援教室にもどってきた。ひとつは先生、ふたつはぼくのために。

「今朝、クラスでなにかあったの、ジョー？」

ケチャップの袋を歯で開けて、ハンバーガーのパンの裏にくねくねと赤い線をしぼり出しながら、先生はきいた。ぼくはひとつ目をもう食べ終わって、ふたつ目にかぶりついている。三つたのんでおけばよかったな。

「ビーム先生に本読みで当てられたんですよ。頭がまっ白になっちゃいました。ＡＰＤのこと、ちゃんと伝えてくれました？」

先生はうなずいた。ぼくはチョコレート牛乳（ぎゅうにゅう）のパックに手をのばし、開けようとしたけど、なかなかうまくいかなくて先生が開けてくれた。

「わたしがききたかったのは、今朝ラビになにかあったのかしらってことなの」

「ラビですよ。ラビが算数の変わった解（と）き方（かた）をホワイトボードに書いてみせたあと、ディロンが転ばせたんですけど、そのことですか？」

「転ばせたのはあなただと思っているみたい」

ぼくは首をふった。

「あの子、自分で思っているよりかしこくないみたいですね」

学校が終わると、ママが車で待っていた。そして、昨日とまったくおんなじことをくり返した。ママはぼくを車に乗せて帰ろうとして、でもぼくは「歩いて帰る」って言って。朝も歩いてきたし。ぼく、あんまり怒（おこ）らないタイプなんだけど、一度キレたらしばらくおさまらないんだよね。

ポケットに何ドルか入っているから、お店によろうっと。ベーグルとクリームチーズを買うつもりだったけど、やっぱりキングサイズのピーナッツM&M'sを買うことにしよう。ラビが青のくっついたやつを取ったのを見てから、ぼくがそれを見つけられなかったことにイライラしているんだ。

M&M'sを買うと、袋を開けた。二十二粒の中で、青は五粒。でも、ああ……ふたつくっついたのはないや。口に入れてゆっくりと一層ずつとかしていく。家に帰る道のりで、ずっと食べ続けていられるように。やっと玄関を入ると、ミアがかけよって背中をすりよせてきたから、おなかを思いきりくすぐってやった。ママはキッチンにいるみたい。このにおいは、ポークローストとポテトグラタンだな。うれしくてにやけちゃう。怒ったままでい続けるのは、むずかしそうだぞ。

「ジョーなの?」

「うん」

「おなかすいてる?」

ママは、ふきんで手をふきながらキッチンから出てきた。二階へ行かなきゃ——頭ではそう思うけど、おなかはポークローストとポテトグラタンのありかをわかっているし……。それに、アップルクリスプもあるかもしれない。

「ぺこぺこ」

「夕飯ができるまでは一時間くらいかかるけど、アップルクリスプならちょうど焼きあがったところよ。食べる？」

食べるよ、食べる食べる！　でも昨日の夜はミートローフにおびきよせられて、今日はアップルクリスプにつられたんじゃ、ママの思うつぼだ。

「まだ怒ってるんだからね」

「わかってるわ」

ママのあとについてキッチンに入ると、アップルクリスプをお皿に山もりよそってくれた。

「アイスものせる？」

ぼくがうなずくと、バニラアイスをひとかたまりトッピングしてくれた。かんぺき！　ひと口ほおばり目を閉じると、あまくて香ばしい味がぱっと広がった。

「許してくれる？」

「まあ……もういいよ」

ママはレタスを洗いはじめた。「学校はどうだった？」ってきかれなくてよかった。ぼくは特別支援教室でラビに指をさされて言われたことを思い出していた。アップルクリスプの力でも、そのズキズキは消えてなくならない。

「おかわりする？」

「ううん、ありがとう」

からっぽのお皿を返した。

WEDNESDAY

水曜日

チリ

CHAPTER

17

RAVI

ラビ

お母さんが部屋に入ってきた気配で目を覚ますと、その手には赤とうがらしと塩があった。

「まだ起きなくていいのよ。魔除(まよ)けをするだけだから」

学校でいやなことがあったとはひとことも言っていないのに、どうしてかお母さんは感づいたらしい。

「きっとだれかにねたまれているのよ、ラビ。ねたみの魔力(まりょく)で悪いことが起きているんだわ」

　昨日家に帰ってからは、気持ちがしずんでいることを気づかれないようにしていた。お母さんとおばあちゃんがバス停までむかえにきて、また山ほど質問を浴びせてきた。

「インド式計算法を披露してみせたかい？」

「ビーム先生、感心していた？」

「ノートをうまくまとめているってほめられたかい？」

「お弁当、おいしかった？」

「ほっといてよ！」

　ぼくはうんざりして言った。でも、それがまずかった。そのあとずっと、ふたりは家の中でぼくにつきまとって、食べものや飲みものをすすめ、なにか情報を引き出そうとしてきた。

「ねえラビ、どうしたの？　なにかあったの？」

　お母さんはそうきき続けた。それにおばあちゃんときたら、「なにがあったのか教えないんなら、ビーム先生にメールするよ」なんておどしてきた。みんなに笑い者にされ、見下されて、足を引っかけられ、バカにされて、しかもその足を引っかけたやつといっしょに特別支援教室でランチさせられたなんて、言えるわけがない。そんなことを話したら、お母さんはとてもショックを受けるだろうから。だからぼくは、おなかが痛いふりをして早めにベッドに入った。

お母さんは赤とうがらしと塩をぎゅっとにぎりしめると、ぼくの頭の上で時計まわりに三回ゆっくりと円をえがいた。そして一階へおりると、熱いフライパンの中に放りこんだ。パチパチと大きな音がして、焼けたとうがらしのにおいが一気に立ちこめた。おばあちゃんの声が聞こえてくる。

「ハッ！　思ったとおりだね！　あんなにパチパチ音を立てて。ああまったく。アメリカに住むなんてうまくいきっこないって、あたしゃ言ったよね？　さっそくアメリカ人からねたまれているじゃないか。ラビの素晴らしさと知性に、嫉妬のエネルギーが向けられているのさ」

みんなにどう思われているか、おばあちゃんは知らないからそんなことを言うんだ。

ぼくは着がえると、一階へおりた。お母さんが朝ご飯にインドの蒸しパン、イドゥりをふたつ用意してくれている。

「待ちなさい！　まずはこれだよ」

おばあちゃんが、スプーンにもったピンク色の粉薬を口に押しこんできた。ひどい味だけれど、おなかが痛いふりをしていたんだから自業自得だ。お母さんが言った。

「きっとなにもかもうまくいくわよ、ラビ。ナンカタイも焼いたのよ」

ぼくの大好きなクッキー！　おばあちゃんがかけらを口にして、鼻にしわをよせた。

「風味がとんでいるじゃないか。バラ水の入れすぎさ」

お母さんはため息をついた。なにも言い返さないことにしたんだな。くだけそうな丸いクッキーの最後の一枚を箱につめながら、お母さんは言った。

「ビーム先生、きっと喜んでくださるわ」

「え？　ナンカタイ、先生のために作ったの？」

ぼくは目を丸くした。

「先生によく思っていただくには、これが一番よ。今日は学校へ行って、まずクッキーをわたせば、そのあとずっとやりやすくなるはず」

お母さんは自信たっぷりだ。お父さんがカバンを手にキッチンに入ってきた。

「お母さんの言うとおりにすれば、だいじょうぶさ。舌にあざがあるんだからな」

お母さんの舌には黒いあざがあって、インドではそういう人には魔力があるとされている。迷信だと思われるかもしれないけれど、お母さんが予言したことは、必ず当たるんだ。

もう六時五十八分。あと二分でバスが来る。お母さんはお気に入りの青いセーターを着ると、サリーのひだをつまんで腰のところにたくしこみ、くるぶしが見えるまで短くした。そして、はだしにゴムのサンダルをはくと、ドアへと急いだ。でもそのとき、お父さんが呼びとめた。

「ひとりで行かせたほうがいい。もう十歳なんだから」

おじいちゃんはソファーに座って、紅茶にビスケットをひたしている。おばあちゃんがぼくに弁当箱と上着を手わたし、お母さんがぼくの背中に向かって声をかけた。

「ナンカタイは手作りだって、先生に忘れずに言ってね！　それと、お弁当はちゃんと食べてね！　オクラとひよこ豆のカレーにヨーグルトサラダ、それと飲みものにバターミルクも入れておいたから。消化にいいのよ!」

同じクラスの生徒がふたり、バスの一番前に座っている。ひとりはキースで、もうひとりはティム……いや、ジムだったかな? 覚えていない。ふたりが会釈してきたから、ぼくも返した。ディロンも同じバスだったらよかったのに。インドでは、いつもプラモッドのとなりに座って、学校までずっとふざけ合っていた。

おくの席に座り、クッキーの箱をひざの上にのせて、あまりゆらさないよう気をつけながら、学校に着くまでずっと窓の外をながめていた。お母さんの言っていたことは、本当なのかな、と考えながら。魔除けとナンカタイの力で、いい方向に進んでいくんだろうか。

バスが学校に着くと、銀のポールのてっぺんにはためくアメリカ国旗を見あげ、インド国旗のことを思いだした。インド国旗のまん中には青い法輪があって、その法輪の中の二十四本の線は美徳を表しているらしい。アラン先生はかべにその一覧をはって、上から順番に覚えさせた。ぼくはその中の二番目の美徳『勇気』と、十三番目の

『公正』、十四番目の『正義』のことを考えた。頭の中でおばあちゃんの声が聞こえてくる――「故郷にも自分にも、誇りをもちなさい」。

ぼくは大きく息を吸って背すじをのばすと、バスをおりた。

教室に着くと、入り口にビッグフットが立っていたから、その大きな足から目をはなさないよう気をつけながら、横を通りすぎた。もう足を引っかけられたりしないぞ。

クッキーをわたすと、ビーム先生はにっこりした。目から喜びビームが出ている。

よし！

「まあ、うれしいわ！」

お母さんの予言は当たった。ナンカタイのおかげで、先生に気に入られそうだぞ。

まゆ毛の表情まで今日は親しげに見える。先生はみんなに言った。

「今日は読書からはじめましょう。そのあとは体育です」

なんだかもう、風向きが変わってきたぞ。

CHAPTER 18

JOE
ジョー

小さいころ、転んでひざをすりむくと、ママが「なおりますように」とそこにキスしてくれた。魔法でなおしてくれるんだと思っていたけど、大きくなった今は魔法なんて信じていない。

今日はママに車で送らせてあげることにしたけど、ぼくは口をつぐんだまま。

「パパの帰りはおそくなりそうだから、ジョーが顔を見られるのは明日の朝ね」

早く帰ってこなくていいよ。パパが長距離運転の仕事で家にいないときは、やっぱりさびしいけど、今日はね。パパとは、ときどきふたりきりでテレビのスポーツ中継を見て、ママがいないのをいいことに男同士ふざけあったり、堂々とげっぷもしたりしていた。でも、もうずいぶんそんなこともしていない。

ママはなにも言わないけど、どうしてパパが予定より早く帰ってくることになったのか、理由はわかっている。この感じからいって、ママは家族会議をしようともくろんでいるはず。家族会議がはじまると、ぼくはいつもむっつりだまりこんで、パパはこう言うんだ。「しっかりしろ、ジョー」。

会議なんかやったって意味ないよ。ママは食堂の仕事をやり続けるだろうし、ディロンはそのことでぼくをからかい続けて、今までとなんにも変わらないつらい日々が続いていくだけなんだから。

「ねこたんじゃなくてねこだ」

教室に入ろうとしたとき、入り口でぼくを待ちかまえるように立っていたディロンがまた言ってきた。ルーシーがくすくす笑ったから、もう確定。このつまんないジョークを、ディロンはしばらく言い続けるはず。

変な話だけど、ルーシーとぼくは、小さいころ仲がよかったんだ。同じ幼稚園に通って、家に帰ってからもいっしょに遊んでいた。ルーシーのお母さんたちがお葬式のために遠くの街へ行かなくちゃいけなかったときは、ぼくの家にお泊まりした。そのときルーシーがおねしょして泣いちゃって、ぼくのママがシーツを洗ったんだ。幼稚園のだれにも言わないってルーシーと約束したから、ずっとだれにも言っていない。

ディロンは、またなにか言おうとしたけど、その視線はぼくの左のほうにうつり、なにか悪だくみを思いついたらしく、目がギラッと光った。視線の先を目で追うと、アイロンのかかった青いジーンズをはいたラビが、ちょうど来たところだった。どうしてだか今日は、もっと小さく見えるな。肩はやっとぼくのおへそにとどくくらいで、ぼくが見下ろすと頭のてっぺんが見える。見たこともないくらいまっ白なスニーカーをはいて、花柄もようのついた銀の箱を持っている。ディロンがきいた。

「その箱、なんだ？」

「クッキーが入っているんだ。ビーム先生に」

おかしいくらいにきっちりアイロンのかかった服を着て、花柄の箱を手にしたラビを見ながら、ぼくは思った。この子、自分が獲物のシマウマだってこと、わかっているのかな？

「みんな、席について」

ビーム先生が教室の前で声をかけると、ラビは近づいて箱を手わたした。

「母がこれを先生に、だそうです。インドのクッキーです」

「まあ、うれしいわ！　インドのクッキー？」

「手作りです」

ラビはうなずいて言った。ラビに見えないところで、ディロンがのどに指をつっこんで「ゲーッ」と言っている。ルーシーはまたくすくす笑った。ときどき思うよ。このふたりがかけおちして結婚してくれれば、ぼくらはみんなディロンを厄介ばらいできるのにって。

「お母さんにお礼を言っておいてね、ラビ。家で夕飯のあとにいただきます」

ラビはくるりときびすを返し、席に向かった。うれしそうな顔だけど、その視線の先はぼくの足に向いている。引っかけられると思っているんだろうな。ひょっとして、シャープペンシルをぬすんだのもぼくだと思っているのかな……。

出席確認（かくにん）が終わると、先生はぼくらに体育の時間まで読書をしているように言った。

ぼくは本を出して、昨日の夜読んだところを開いた。あと何章かで終わりだ。続きが気になる。

そのとき、ディロンが「水飲んできていいですか？」と先生にきいた。なにかたくらんでいるな——そう思ったとおり、もどってきたディロンはぼくの横を通るとき、机（つくえ）の上にたたんだ紙切れを放り投げてきた。開いてみると人の絵がいっぱいかいてあって、その人たちのTシャツには『バカがいる』って文字と、左向きの矢印が書いてある。その左にふたりだけ、別の文字が書いてある人たちが立っている。ひとりはすごく背（せ）が高い男の子で、ボートみたいに大きなくつをはいている。『ぼくはバカ』——Tシャツにはそう書いてある。そのとなりでは、しましまのエプロンを着た女の人がよごれたおむつを手にしていて、ハエがたかっている。そのエプロンには、こうあった——『バカな子のママ』。

また、どんよりした一日のはじまりだ。

CHAPTER 19

RAVI
ラビ

なんだか、どんどんいい日になってきたぞ。ビーム先生がナンカタイを喜んでくれたのがスタートで、その次は『バディじゃなくてバドだ』をぼくがずっと先まで読み進めていることに先生が気づいて、ほめてくれた。今度は体育の時間だ。ぼくは去年、まだ四年生なのに学校の体育委員長をまかされていたくらい運動神経がいいんだ。アメリカの体育でやることがインドと同じだったら、これで一気に挽回できるぞ。

まっ白なくつを見下ろした。インドの学校で体育の先生だったダス先生が見たら、にっこりするだろうな。

ダス先生は授業の前に生徒を整列させて、まずくつがきれいかチェックしていた。そしていつも言っていた。

「くつはまっ白に洗っておくように」

ぼくのお母さんはくつを洗うのが得意だから、ぼくのはいつも雪のように白い。

先生はお気に入りのニームの木かげに座って、準備運動をするように指示するのがお決まりだった。ストレッチとジャンプ、それから校庭を一周。ぼくはいつも一番に終わって、プラモッドがタッチの差で二番、のろまなラマスワミがダントツでビリ。ラマスワミは本を読むのも走るのも、なんでもおそかった。あんまりのろいから、ダス先生はイライラしていた。それにおなかが出ているから、手でつま先にタッチするように言われると、ひざが曲がってしまう。だから先生に、「だめじゃないか」とニームの小枝でたたかれていた。で、痛がっているのを見て、みんなで大笑い。そのあとクリケットがはじまると、先生はラマスワミはメンバーから外して、女子と他のことをさせていた。キャッチボールとか、リングをキャッチするリングテニスとか、「コーコー」という鬼ごっことか。

アルバート・アインシュタイン小学校の体育の先生は、ビクトリン先生だ。鼻の形がぶかっこうで口ひげはないけれど、服装はダス先生そっくりで、白いシャツに黒のジャージだ。ぼくの運動神経のよさでビクトリン先生やみんなを、あっと言わせるのが楽しみだ。

広い芝生の校庭にみんなを連れてきた先生のバッグには、金属バットが何本か、あと大きめの黄色いボールもいくつか入っている。アメリカ式の野球はやったことがないけれど、クリケットのようなスポーツなんだろう。ちょっと心配だけれど、きっとむずかしくはないはずだ。

準備運動やランニングをしてからはじめるのかと思っていたけれど、先生はジャスリンという女の子とディロンをキャプテンにして、チームのメンバーを指名していくように言った。

「女子もやるの？」

となりの男子にきいてみた。バスに乗っていた子だ。ティムかジムという名前の。

「そう」

女子が相手なら楽勝！　ジャスリンが最初にメンバーを指名することになり、エイミーという女の子を選んだ。ぼくはディロンの気を引こうと手をふって、自分を指さした。

「ぼく、インドの学校で一番打者だったんだよ！」

ぼくを選んで損(そん)はないと伝えたかったんだ。でも、ディロンが最初に指名したのはロバートだった。まっ先にぼくを選ぶと思っていたのに。でも思いなおした。ディロンはぼくの運動神経(しんけい)も、クリケットの名手だということも知らないわけだから、しかたない。

またジャスリンが指名する番だ。

「あなた」

前に立っている女の子を指したのかと思ったけれど、選ばれたのはぼくらしい。アメリカでの野球の初試合を、女子のチームでやれって？　まったく、これもフロスト先生のせいだ。昨日ぼくを特別支援(とくべつしえん)教室に連れていったりしなければ、ディロンとランチをしていたはずなのに。そうしたら、去年クリケットの決勝戦で二〇〇点決めて、ゴールドカップをもらったことを話して、今日はもちろん一番に指名されて、いっしょに相手チームをこてんぱんにやっつけることができたのに。

ジャスリンはそのあと何人か男子を指名したから、男ひとりというわけじゃなかった。ぼくのプレーを見たら、ディロンはおどろくだろうな。最初に指名すればよかったと後悔（こうかい）するはず。

ウォーミングアップの時間、ぼくは金属（きんぞく）バットを取って、ブンッとふってみた。野球のバットって、クリケットのバットとは全然ちがうな。試合がはじまるまでに感覚に慣（な）れておこう。でも次の瞬間（しゅんかん）、ビクトリン先生がぼくに向かって大声を出した。

えっ、今度はなに？

CHAPTER 20

JOE
ジョー

ビクトリン先生ってペンギンみたい。長い鼻がくちばしみたいだし、ちょこちょこ歩くから。先生は声をかけた。

「整列！」

七歳のとき、ぼく、ワンシーズンだけ少年野球のチームに入っていたことがあるんだ。でも全然だめだった。耳栓をしても、みんなの声が耳にガンガンひびいて。それに、野球はぼくにはむずかしくて。ぼくがバットをボールに当てることもできなければ、ボールを投げるのもキャッチするのもできないってコーチの先生が気づいてからは、シーズンが終わるまで、ずっとベンチに座ってひまわりの種を食べていた。別にいいんだ。ひまわりの種、好きだから。

野球をするのは好きじゃないけど、テレビで見るのは好き。パパはフィリーズ、ぼくはレッドソックスのファンで、どっちのチームも強いんだ。体育の授業では野球じゃなくて、ボールを山なりに投げるスローピッチのソフトボールをやる。ディロンとジャスリン・アルナドがヒットを打つことが多くて、エイミー・ヤマグチもすごくうまい。意外とエミリー・ムーニーもまあまあうまい。マシュマロみたいに色白でやせていて、うでなんか、つまようじみたいにガリガリなのに。

ジャスリンが、ひとり目を指名した。

「エイミー」

エイミーは走り出て、ジャスリンを抱きしめた。

「ソフトボールのチームなんだからな。パーティをはじめるんじゃないんだぞ」

先生がぶつくさ言った。ラビは自分を指さして、ディロンに指名してもらおうとしている。でもジャスリンに指名されて、気絶しそうなくらいショックを受けている。ジャスリンが指名したのは、ラビがかわいそうだったからじゃないかな。女子ってそういうとこあるから。

ディロンとジャスリンが交互にメンバーを選んでいって、最後にヘンリー・フッターマンとぼくが残った。ヘンリーもぼくと同じくらい運動神経が悪いし、それにバイオリンを習っているから。お母さんがビクトリン先生に手紙をわたしたんだって。『指を痛める可能性がある運動はさせないでください。ロープをよじのぼる、キャッチボールをさせるなども、だめです』って。

「ヘンリー」

ジャスリンがそう指名したから、サイアクな結果になった。ディロンもいやな顔をしている。

「お前のせいで負けたらあやまれよ、ねこたん」

ウォーミングアップにキャッチボールをはじめたとき、いきなりビクトリン先生がラビに大声で言った。

「スポーツメガネ以外禁止だ！　外しなさい！」

「え？　すみません、どういう意味ですか？」

ラビはとまどっている。

「ソフトボールをするときに、ふつうのメガネをかけるのは禁止だ。こわれたら訴訟のもとだからな」

「インドではクリケットをするとき、いつもこのメガネをかけていました」

「わかっていないのか？　ここはニュージャージーだぞ。眼科に行って、こういうスポーツメガネを買ってもらいなさい」

先生はヘンリーがメガネの代わりにかけている、ゴーグルみたいな度つきのスポーツメガネを指さした。

「メガネなしじゃ全然見えないのか？」

「あまり見えません」

ラビは親指でメガネを押しあげた。

「じゃあ、どっちにするか選びなさい。ベンチで見学するか、メガネなしでプレーするか」

ラビはメガネを外し、ポケットに入れた。

「プレーします」

ぼくらのチームが先攻で、しばらく試合は順調に進んでいた。でも満塁になったところでぼくが三振して、ディロンはキレた。

「ヘマしやがって」

そう言ってベンチにあったグローブをつかむと、大またでピッチャーズマウンドに向かっていった。負けるのが大きらいなんだ。

エイミーが相手チームの先頭打者で、ヒットを打った。エミリーとジャスリンもヒット。満塁状態でラビの番が来た。目を細くしてバッターボックスに立ったけど、バットのかまえ方が変だぞ？　ゴルフクラブみたいに、下のほうにかまえている。二回空振りし、三球目でやっとバットを上にかまえてボールをかすめ、ファウルになった。

「やるじゃないか！」

先生がほめ、ジャスリンたちは歓声をあげてとびはねた。

「その調子！　その調子！」

遠目でもディロンがなにかたくらんでいるのがわかった。横を向いたディロンの目が、ギラリと光る。スローピッチのソフトボールでは、投手はポーンと高く弧をえがくように投げるから、ボールのスピードはおそいんだ。でもディロンは大きくふりかぶって、ラビの頭に剛速球を投げつけた。

「よけて！」

ぼくはさけんだけど、おそかった。

CHAPTER

21

RAVI

ラビ

「救急箱！」

ビクトリン先生がかけより、みんなも集まってきた。自分で確かめてみたけれど、ケガはなし。血は出ていなくて、ただボールが当たった肩のところが痛いだけ。そのとき、はっと気づいて血の気が引いた。メガネは？　でもポケットから取り出すと、こわれていなかったからほっとした。先生はディロンに言った。

「なにやってるんだ！　スローピッチで投げないと、あぶないだろ」

「すみません。ボールが湿っていたのか、手がすべって。当てるつもりはありませんでした。本当です」

ぼくは立ちあがり、よごれをはたいた。

「だいじょうぶです。プレーを続けていいですか？」

でも先生はディロンに言った。

「保健室に連れていって、先生にみてもらいなさい。万が一ってことがあるからな」

ふたりで保健室に向かっている間、話しかけていたのは、ほとんどぼくのほうだった。話したいことがたくさんあったから。

「ビーム先生、ぼくに支援が必要だなんて言ってさ、ほんと笑っちゃうよね。どうかしてるよ。ぼくのインド式計算法、見たでしょう？　先生、ぼくのことをラマスワミみたいなタイプだとでも思っているのかな？」

「それだれ？」

「インドの学校にいた、本も読めないやつ。あいつとかビッグフットと同じだと思っているのかな。昨日、ビッグフット、特別支援教室にいる間、ずっとお菓子の話ばかりしていて、あとはスポーツ雑誌なんか読んでいたんだよ。ははっ」

「保健室の先生には、たまたま当たっただけって言うんだぞ。わざとじゃないからな」

「だいじょうぶ、だいじょうぶ。カピル・デブは知っている？　インドの有名なクリケット選手。去年、ぼくが通っていた学校に来てさ、親友のプラモッドといっしょに、カピルと記念写真をとったんだ。うちに来たら見せてあげるよ。トロフィーもたくさんあるし。お母さん、おやつを作ってくれると思うよ。うちの庭は広いから、クリケットも教えてあげるね。代わりにホームランの打ち方を教えてよ」

ディロンはほほえんでウインクしてきた。

「待ちきれないな〜」

保健室の前に着くと、ディロンは「わざとボールを当てたわけじゃないって説明しろよ」と念押ししてから、教室へもどっていった。保健室の先生は、肩をアイスパックで冷やしてくれて、ベッドで休むようにと言った。ぼくはしばらく目を閉じて横になっていたけれど、ふと目を開けると入り口に緑のユニフォームを着た女の子が立っていて、ぼくのリュックサックと上着をかかえていた。クラスの子だけど、名前が思い出せない。その子は先生に言った。

「ビーム先生に、ラビの荷物を持っていくように言われました。早退するかもしれないからって」

「早退しなくてもだいじょうぶです」

ぼくは起きあがって言った。そのときチャイムが鳴って、五年生が食堂へ移動しはじめ、女の子は荷物をいすに置いて出ていった。ぼくは先生に言った。

「ランチに行ってもいいですか？」

ディロンとランチをするチャンスをのがしたくない。

「もうだいじょうぶそうならいいですよ。替えのアイスパックを取ってくるので、待っていてね。ずっと冷やしておいたほうが、はれがおさまるだろうから」

替えを取ってくるのにずいぶん時間がかかったから、ぼくが食堂に着いたときには、もうディロンはランチを受け取って窓ぎわの席にとりまきと座り、ストローのふくろを飛ばして遊んでいた。

かべのボードを見てみると、今日のメニューは「チリ」という料理らしい。生徒が食べているのを見てみると、赤インゲン豆とトマトがたっぷり入ったスープだった。インドの「ラジマ」という料理に似ている。ぼくたちの住んでいたバンガロールより、ずっとはなれたインド北部で食べられるメニューだけれど、お母さんはときどき作る。クミンの種と黒こしょうをたっぷり入れ、スパイシーに味つけして。ラジマはご飯といっしょに食べるけど、アメリカのチリはケーキのような黄色いパンといっしょに出されるんだな。

今日はお弁当を持ってきたけれど、プラスチックのトレーを手に取り、わきにはさんだ。場になじむ方法を、ちゃんと考えてあるんだ。

ビッグフットは、初日にぼくが座ったあのテーブルにまたいる。ぼくはその後ろを通りすぎ、ディロンのテーブルへまっすぐ向かった。周りに座っているのはロバートとキース、ティムかジム、トム、それからジャックスという赤毛の男子だ。

「よければそこ、ちょっとあけてもらえるかな？」

ぼくは、ディロンのとなりに座っているトムに声をかけた。トムに視線を投げられたディロンは言った。

「トム、聞こえただろ？　そこあけろよ」

そしてププッと笑うと、映画スターのようにさっと頭をふって前髪をはらった。ぼくもこんなふうに髪をのばすのを、お母さん許してくれるかな。

トムが席を移ると、ぼくはディロンのとなりに腰をおろした。そしてトレーをテーブルに置き、弁当箱のロックを外して上の段のふたを開け、白いクリーミーなヨーグルトサラダをトレーの四角い小さなくぼみに移しかえた。よし！

やっとふさわしいポジションについたぞ。

CHAPTER 22

JOE
ジョー

「たまたま当たっただけです」

ラビを保健室へ連れていき教室にもどってきたディロンは、ビーム先生にそう説明した。

ああそうですか。

いつもと同じ、もっさりしたガールスカウトのユニフォームを着たセレーナ・ジェルベーが、ラビの荷物をまとめて保健室へ持っていくと名乗り出た。でもリュックサックに入れようとした筆箱をうっかり落としちゃって、シャープペンシルが一本、机の下に転がっていった。もともと三本あったのに、もう一本しか残っていない最後のシャープペンシルだ。ディロンがそれを見ていて、セレーナが拾おうとかがむ前にズボンのウエストにはさんでかくした。シャープペンシルをさがしてきょろきょろしていたセレーナは、代わりにくしゃくしゃに丸めた紙を見つけた。ああ……ディロンがさっきぼくにわたしてきた、ひどい落書きの紙だ。床に放り投げるんじゃなくて、ちゃんとゴミ箱にすてればよかった。どうすることもできずに見ていると、セレーナはその紙をラビのリュックサックに入れてチャックを閉め、二秒後には教室を出て保健室へ向かっていった。

十一時三十分になり、昼食のチャイムが鳴った。水曜はチリの日だ。この学校のチリはママが作るのにはかなわないけど、トウモロコシパンはバターをたっぷりぬるとおいしいんだ。食堂に入ると、ママが入り口近くで赤と白のしましまのエプロンを着て立っていた。でも、ぼくに気づくと視線をそらした。そこはほめてあげるよ。

ラビの姿は見当たらないな。まだ保健室にいるか、早退したのかも。ランチを受け取って、ゴミ箱の近くのだれもいないテーブルに向かうと、ディロンが目の前に立ちふさがった。

「試合が中止になってよかったな。負けてたら、ただじゃすまなかったぞ」

「うん、わかってるよ……」

ディロンはぼくのトレーからトウモロコシパンをひと切れつかみ、口につめこんだ。その目は掲示板に食いこむふたつの押しピンみたいに、ぼくをつき刺してはなさない。

バーンズ先生、なんて言ってたっけ？「世界にはディロン・サムリーンがいっぱいいるんだよ――」

ぼくは目を閉じて大きく息を吸い、その先を思い出そうとした。

「起きろよ、ねこたん！」

ディロンが耳元でどなったから、ぼくはとびあがった。ディロンは笑いながら前髪をふりはらう。毎日何時間、鏡をながめているんだろう。四年生のとき、ぼくらの席は窓ぎわで、ディロンは窓ガラスにうつる自分の姿をチェックしてばかりいた。一度、バーンズ先生とぼくが同じタイミングでその様子に気づいたことがあって、ふたりとも笑いをこらえるのに必死だった。

そんなことを思い出していると、ふっと先生のセリフの続きがよみがえってきた。

ぼくは小さな声で言った。

「――うまくつきあう方法は、気にしないことだ」

「は？　なに言ってんだよ」

ディロンはぼくのトウモロコシパンをもうひと切れ取った。ぼくはその顔を見つめながら、ディロンはワニじゃなくて、ネズミやリスみたいな無害な小動物なんだと想像してみた。今初めて気づいたけど、ディロンの耳って小さくて丸くて、みんなより上のほうについているな。それにパンを口いっぱいほおばっているから、ほおがふくらんでいて、ほんとにリスに見えてきた！　そしたら急にドキドキがふきとんで、笑わずにはいられなくなっちゃった。

ディロンの目のギラつきが消え、冷たく暗い色になった。ふたつの石炭のかたまりみたいに。

「なにがおかしいんだよ、ねこたん」

そう言いながら、ディロンがずりさがったズボンを持ちあげたとき、初めて見る柄のパンツが目に入った。水玉とかクローバー、タクシー、バッファロー……いろんな柄のを持っているはずなのに、よりによって今日はいているのはピーナッツの柄だった。ピーナッツだよ！　おばあちゃんちの床下にはリスの家族がいるんだけど、いつもボウルに入れたピーナッツを置いて、食べさせてあげるんだ。ワニからリスに姿を変えたディロンが、ピーナッツの柄のパンツをはいて、ほっぺたにいっぱいトウモロコシパンをつめこんでいるって思ったら、もうがまんできなかった。

思わずブーッってふき出した。こんなに笑うの久しぶり！　やっと笑いがおさまったと思っても、小さくて丸っこい耳とピーナッツパンツを見たら、おなかがよじれてまたふりだしに逆もどり。あんまり笑ったから、なみだまで出てきた。いつも人のことをバカにして笑っているディロンは、自分が笑われるのには慣れていなくて仏頂面だ。食堂は混んできて、みんな笑ったり大声を出したりしているけど、耳栓をしていなくても全然気にならない。これ、ぼくの人生の貴重な瞬間だ。

「じゃあな」

ディロンは不機嫌な顔でその場をはなれようとした。バーンズ先生の言っていたこと、正解だったよ！　ディロンにいじめられない方法を見つけた。大成功！　その瞬間、ぼくは世界の頂点にのぼりつめたような気分になっていた。

そのときホイッスルが鳴り、ママが生徒の集団をかきわけてやってきた。

「ちょっと通して！　なにがあったの？　ジョー、だいじょうぶ？」

その声を聞くと、ディロンはくるっとふり返り、その目がまたギラッと光った。

「ジョー、かわいそうに」

ディロンは女の人みたいな口調でそう言うと、いつもの声にもどった。

「ママがジョーちゃんを助けにきてくれたぞー。それとも、よごれたおむつでもかえにきたのかな～」

すっかりもとのディロンだ。ぼくを見てにやっと笑うと、前髪をふりはらって向こうへ歩いていった。

世界の頂点にいられたの、一瞬だったな。続くわけないんだ。シマウマは、いつまでもシマウマのままなんだから。ぼくはママに目をやると首をふった。やっぱりわかっていないじゃないか。

「怒らないで、ジョー。なにかトラブルなんじゃないかって思ったのよ。だって、わたしはあなたのママなのよ。他にどうすればよかったの？　ただ立って見ていればよかったの？」

「ちがうよ。ここにいること自体がまちがいなんだ」


食欲がなくなった。おなかがすいていたことも思い出せないくらい、まるっきり。ママは、向こうで食べものを投げ合ってふざけている生徒たちを注意しにいったから、ぼくは耳栓をしてトレーをごみ箱の近くのテーブルに運び、ひとりで座った。

一分後、上着とリュックサックを手にしたラビがあらわれた。あ、早退しなかったんだ。ぼくと同じテーブルに座りたがるとは思っていなかったけど、ディロンのとなりに座ったのには目をうたがった。思っていたよりボールの打ちどころが悪かったのかも。だって、あそこに座ろうとするなんて、ふつうじゃないでしょ？

CHAPTER 23

RAVI
ラビ

「この学校どうよ、ラビ？」

ディロンがきいてきた。

「ラビと発音するのが正しいんだよ。ここに来てから、今日が一番いい日だな。初日から、君とランチできるのをずっと楽しみにしていたんだ」

「きいたか、トム？　初日から楽しみにしてたんだってよ。うれしいこと言ってくれるよな？」

「ディロンがそう思うんなら」

トムは答えた。

「それ食べるわけ？」

トレーによそったヨーグルトサラダを指さしてディロンがきいてきたから、ぼくはうなずいた。

「ベジタブルカレーも持ってきたよ」

「ひょっとして親に作ってもらったのか？」

ぼくはまたうなずいて、誇らしげに言った。

「うん、料理がうまいんだ。カレーを味見してみる？」

ディロンはにっこりしてウインクした。

「まず、そっちが味見してみろよ。チリ、食べたことある？」

そして自分のスプーンをぼくに差し出した。

「インドでは『ラジマ』と言うんだよ。ご飯といっしょに食べるんだ」

「ふーん。アメリカのチリはこんなんだよ。もじもじしないで、がっつり味見してみなって」

トレーをぼくに近づける。ぼくはスプーンでチリをすくうと、口に入れた。ひどい味だ！　油っぽいし、すっぱいし、舌ざわりもザラザラする。

ディロンが顔を近づけてきた。その目がなんだかギラついているのに、ぼくは気づいた。

「どうした？　おいしくない？　ラビ」

ぼくは首をふった。かたまりがなかなか飲みこめない。

「ラジマとはちがうな」

「ハンバーガーの残った肉、全部そこに入ってるぜ」

そう言ってディロンがぼくの背中をたたいたから、むせてテーブルの上にチリをはき出してしまった。ジャックスがとびあがって言った。

「きったねーな！」

「ぼく、ベジタリアンなのに！　肉は食べられないんだ！」

ぼくは泣きながら上着のそでで舌をぬぐった。どうしてだか、ディロンはそのセリフを聞くと笑いはじめ、つられてとりまきも笑いだした。なにがおかしいんだろう？

肉を食べたなんて知ったら、お母さんはきっと泣いてしまう。おばあちゃんは……なんて言うのか想像もしたくない。

ディロンはぼくに牛肉を食べさせたんだ。どうしてこんなことを？　ぼくの名字を聞いて、ヒンドゥー教徒だとわからなかったのかな？　牛肉を食べるのは罪だということを、知らないのかな？　頭の中はぐちゃぐちゃだ。ディロンは言った。

「自分がどんな顔してるか見てみろよ。笑えるぜ。おれがボールを命中させてやったときの顔みたいにな」

ディロンは顔をしわくちゃにして目を細め、メガネなしでソフトボールをしていたときのぼくの顔をまねした。一体どういうことなのか、頭がついていかない。どうしてこんないじわるをするんだろう？　プラモッドともおたがいをからかうことはあったけれど、こんなひどいやり方は絶対にしなかった。

ディロンは鼻をこすると、ぼくの発音の仕方をオーバーにまねしはじめた。

「古代からひそかに受けつがれてきた、マジックをお見せしましょう。タネもしかけもありません」

アメリカでは、こんなふうに友だちをからかうのがふつうなのかな？　どうすればいいのかわからない。この場からにげたら、ディロンはぼくのことを、じょうだんも通じないつまらないやつだと思うだろう。このまま、だまって時が過ぎるのを待つのが一番だ。ぼくは、テーブルにはき出したチリのかたまりに目を落とした。まだ口に味が残っている。バターミルクを飲んで、カレーを食べればまぎれるかもしれない。ナプキンでチリをふきとった。ランチが終わったらナプキンごとすてよう。そうすれば、チリを食べたことがお母さんにばれずにすむ。シャツのボタンも一番上までとめておかないとな。肩のあざが見えないように。

弁当箱の下の段を開けると、いつもかいでいるからしの種と玉ねぎの香りがふんわりただよってきて、ほっとした。ディロンがしかめっ面をした。

「うへっ！　なんだよ、それ」

「オクラとひよこ豆のベジタブルカレーだよ。味見してみる？」

ぼくはスプーンですくうと、ディロンに差し出した。ディロンは変な顔をしてスプーンをはねのけた。

「じょうだんだろ？　お前とおんなじにおいになっちゃうじゃん。なあ、カレー頭。

お前が来てから、このへんずっとくさいんだよ。お前が通りすぎるとき、おれいつも鼻つまんでんだぜ？　お前らもそうだよな？」

「そうそう」

トムが笑って、においをはらいのけるように鼻の前で手をふった。

ぼくは耳をうたがった。ディロン、そんなふうに思っていたの？　みんなも、ぼくがくさいって？　そんなはずはないよ。だって一日二回、多い日は三回もシャワーを浴びているのに。においがするんだとしたら、サンダルウッドの石けんとココナッツオイルのにおいだよね？

ディロンはぼくにウインクして、にやっと笑った。その姿はもう映画スターには見えない。歯ならびの悪いその口とギラッと光る目は、悪役俳優のようだ。これまでずっと、ディロンはぼくと友だちになりたいんだと思っていた。でも、それはかんちがいだったんだ。笑い続けるみんなに、ディロンは言った。

「こいつの母さんもきっとカレーのにおいするぜ！　近所じゅう、こんなにおいのやつらばっかりだろうな」

ぼくの顔はまっ赤になり、けいれんを起こしたみたいに足がふるえている。
ぼくがやりたかったこと、それは、

1 ディロンの顔面をなぐりつける
2 ディロンのお母さんの悪口を言う
3 「お前、悪役俳優(はいゆう)みたいだな」と言ってやる

でも実際(じっさい)にやったことは、

1 メガネを押(お)しあげ、鼻をこする
2 荷物をかかえる
3 全速力でその場からにげる

……ディロンは、わざわざ追いかけてきたりはしなかった。わき腹(ばら)をたたきながら

大笑いしているのが聞こえてくる。

「もどってこいよ、カレー頭！」

ぼくはふり返りもせず、ただ走った。

CHAPTER 24

JOE
ジョー

なにがあったのか、ぼくはよく知らない。ただわかっているのは、ディロンのとなりに座っていたラビが、一分後にはまっ白なくつをスノードームの中の吹雪みたいにとびちらせて、食堂から走り去っていったということだけ。

「もどってこいよ、カレー頭！」

ディロンが大声を出している。

ディロンのテーブルに行っちゃだめだよって、注意してあげることだってできたはずだ。そのうち君にもいじわるなあだ名をつけるはずだって、教えてあげることだってできたはず。ラビはぼくのことをバカだと思っているし、足を引っかけたのもぼくだと思っている。それでもラビのことを、かわいそうだと思わずにはいられなかった。シマウマでいるっていうのはかんたんなことじゃない。ていうか、サイアクなことなんだ。

CHAPTER

25

RAVI

ラビ

ぼくは今、トイレにいる。ここしか行く当てが思いつかなかった。顔を洗って口をすすぐと、鏡を見た。その顔はまるでぼくじゃないみたいだ。こんなひどいことをされたのは初めてだ。ディロンはぼくと友だちになりたがっていると思っていたのに。

トイレには他にだれもいなくて、ほっとした。三つある個室はからっぽ。ぼくはリュックサックと上着をフックにかけると、便座をおろして腰かけた。弁当箱を胸にしっかりかかえながら。

なにもかも変わってしまった。もう今までの自分じゃない。今のぼくは、カレー頭なんだ。友だちもいなくて、英語も話せないカレー頭。くさくて、算数も野球もできないカレー頭。

インドじゃ、ぼくはまさにディロン・サムリーンだった。食堂でみんながとなりに座りたがる人気者。それなのにぼくは今、いじめっ子からかくれてトイレに座っている。そういえばぼく、ラマスワミのでっぷりしたおなかのことを、よくからかっていたな。ダス先生がニームの小枝でたたくのを見て、笑っていたな。

そうか、ぼくはアルバート・アインシュタイン小学校のラマスワミなんだ。カレー頭。できないやつ。みんなのからかいの的。ラマスワミにしていた仕打ちが、自分に返ってきたんだ。

THURSDAY

木曜日

マカロニチーズ

CHAPTER

26

JOE

ジョー

　ミアがでーんとベッドにねていたから、ぼくは体を丸めてねむって、起きたときは首が痛くなっていた。ブラインドの下から朝日が差しこんで、まぶしく顔を照らす。あれ？　いつも目が覚めるころはまだ暗いんだけど……。寝返りを打って時計を見ると――十時四十五分。

「げっ！」

　思わずさけんでベッドからとびおりると、適当に服をかぶって宿題をリュックサックに押しこみ、くつひもも結ばずに階段をかけおりた。ママとパパはキッチンでコーヒーを飲んでいる。

「なんで起こしてくれないの？　それに仕事は？」

「調理係のバーティーが代わりをやっておいてくれるって。それとジョー、今日は学校に行かなくていいわよ」

　ママは静かな声で言った。

「え？」

「父さんにおはようは？」

　おどけてそう言ってきたパパを抱きしめた。一週間以上会っていなかったなあ。長距離運転の仕事に出ている間はひげをそらないから、チクチクする。

「気のせいかな。ちょっと見ない間に、三十センチくらい身長がのびたんじゃないか？」

「どうだろ、そうかもね。あのさ、どういうこと？」

「とりあえず座って。朝ご飯を準備するから」

　ママが言った。学校のある日はいつも、朝ご飯はシリアルをボウル二杯とスムージーだ。でも今日はウェボス・ランチェロスが用意してある。トルティーヤという薄焼きパンの上に目玉焼きをのせて、トマトを刻んだサルサソースをかけた料理だ。ふたりはもう食べたみたいで、ぼくの分だけ持ってきてくれた。

「これをちょっとかけてね」

ママが出したガラスの小皿には、細かく刻んだハーブが入っている。

「シラントロっていって、ビタミンKがいっぱいなの。とうがらしソースもいるときは言ってね」

ウェボス・ランチェロスは大好きだけど、食べる気にならない。食欲がなくなるの、今週もう二回目。

「家族会議するつもり？」

ぼくがそうきくと、ふたりは顔を見合わせ、パパが答えた。

「ふたりとも、ジョーと話がしたくてな」

つまり、家族会議ってことでしょ？

「なにか話すことあったっけ？」

わかりきっているけどきいてみた。パパはママにきいた。

「その子の名前は?」

「ディロンよ。ディロン・サムリーン」

はい、スタート。

「何系の名字だ?」

「インド系だよ」

ぼくが答えた。

「その子になにかされたのか?」

ぼくは肩をすくめた。

「ディロンに自分の気持ちを話したことある?」

ママがそうきくと、パパは首をふった。

「おいおい、そういうやつには話したってむだだよ。なんにもならない」

「じゃあ、どうすればいいのよ?　鼻にパンチしてやりなさいとでも言うの?」

「そのくらいしてやったっていいさ。そういうやつらは、やりたい放題しにきてるんだからな。敬意ってものを学ばせてやらなくちゃならない」

「『そういうやつら』って？」

ぼくはきいた。

「移民さ。よそ者にこけにされるなんて」

「ディロンは移民じゃないよ。アメリカで生まれたんだ。お父さんはお医者さんだし」

「肝心なことがわかってないな、ジョー。お父さんが言いたいのは、しっかりしろ、やり返してやれってことさ」

「そんなに大きな声出さないで」

ママが割って入ると、パパはいっそう大きな声で言った。

「いつもそうじゃないか。そうやって子どもあつかいしていたら、いつまでたってもひとりでやっていけないんだぞ」

ぼくは言い返した。

「ひとりでやってるよ、毎日。パパが知らないだけ。ママが学校で仕事なんかはじめなきゃ、ディロンのことだって知らなかったくせに」

「その話はもうすんだでしょ？　そうするしかなかったのよ、仕事が必要だったんだから」

「ぼくにかまわないって約束したくせに」

ミアがクンクン鳴きだした。ぼくが怒（おこ）ると、いつも心配するんだ。かがんで頭をなでてやった。

「母親なんだから、心配するに決まってるじゃない」

ああ、ママ、泣きだしちゃった。

「そのサムリーンとかいうやつは、どのくらい前からお前にちょっかい出してくるんだ？」

ぼくがだまっていると、ママはきいた。

「どうしてなにも話してくれなかったの？」

「自分でなんとかできるから」

パパは電話に手をのばした。

「校長先生に電話するぞ。自分で立ち向かえないんだったら、父さんが代わりにやってやる」

ぼくはテーブルにこぶしをたたきつけた。

「やめてよ！　だめだめだめ！　ぼくがどんな気持ちか知りたい？　言いたいことは自分で言えって？　じゃあ言うよ。ママが学校で働いてるの、いやなんだ。何度も約束やぶって首つっこんでくるのも、ムカつく。ダサいエプロンつけて、みんなの前でバカみたいにホイッスルふいてるのも、パパが全然家にいないのも、ぼくにききもせず、勝手に校長先生に電話しようとするのも、いつも『しっかりしろ』って言われるのも、パパが自分とちがう人間をきらうのも、なにもかもいやなんだよ！」

「自分とちがう人間って、インド系のやつらのことか？」

「ちがう、ぼくのことだよ」

「なに言ってるんだ。お前をきらっているとでも思ってるのか？」

「だってパパはさ、ママがぼくのためにテレビの音さげてって言っても、絶対さげないよね。どうしてなの？」

「ちょっと待て。今は父さんの話じゃないだろ。ただ言いたいのは――」

「ジョーにちゃんと最後まで言わせてあげて」

ママがパパのうでに手をかけた。

はきそうなときみたいに、自分の中からなにかがあふれ出してとめられない。全部はき出すまでとまらない。

「ぼくのことバカだって思ってるやつらのことも、ぼくのことをきらってる先生たちのことも、答えがわかってるのに手を挙げるのがこわいことも、クラスのみんなどころか先生よりも背が高いことも、本当の友だちは犬だけだってことも、全部いやなんだ。一番いやなのはディロン・サムリーン。だってディロンは、ぼくがどんなやつかってことを毎日毎日思い知らせてくるから。……これがぼくの気持ちだよ、満足？」

ぼくは皿をつかんで料理をごみ箱にすてると、二階の部屋にこもった。

CHAPTER

27

RAVI
ラビ

おばあちゃんが、紙をひらひらさせながら部屋にかけこんできた。

「起きなさい、ラビ。これはどういうことなのさ」

顔にかぶっていたシーツをはぎとられ、ぼくは目をこすった。

「なに？　なんのこと？」

鼻先にしわくちゃの紙をつきつけてきたおばあちゃんの手は、わなわなとふるえている。

「荷物からこれを見つけたんだよ」

「なにそれ？」

起きあがってメガネに手をのばす。

「おばあちゃんの顔を見なさい、ラビ。なにがあったんだい？」

おばあちゃんはぼくのあごをつかんで、無理やり顔を見合わせた。

「だからなんのこと？」

なにが書いてあるのか見ようとしたとき、お母さんが入ってきて紙を取りあげ、ベッドに腰かけた。

「落書きね」

そう言ってひざの上で紙をのばしている。ぼくはメガネを押しあげ、鼻をこすると紙をとりもどしてよく見た。同じTシャツを着た人間がたくさんかかれている絵だ。

お母さんがきく。

「これ、ラビがかいたの？」

「ううん、こんな絵知らない」

おばあちゃんが紙を取りあげ、しげしげとながめて、いぶかしげにきいた。

「この男の子はだれだい？　お前なんじゃないのかい？　悪口を言われているのか

い？」

　おばあちゃんが指さしているのは、大きなじゃがいものようなくつをはいた男の子だ。だれなのかはわかる。

「ぼくじゃないよ。後ろの席の子。特別支援を受けているんだ。ぼくは『ビッグフット』って呼んでいるけど、本当の名前はジョー・シルベスター。この絵をかいた子はジョーにわたすつもりだったんだと思うけど、まちがえてぼくのリュックサックに入れちゃったんだね」

　この説明で納得して場がおさまるといいなと思ったけれど、おばあちゃんはまたまくしたてた。

「どうしてビッグフィートって子とお前がいっしょに座っているんだい？」

「友だちなの？」とお母さん。

「いっしょに座っているというか、席が後ろなだけ。名字のアルファベット順に座ることになっているから。ＳｕｒｙａｎａｒａｙａｎａｎはＳｙｌｖｅｓｔｅｒの前だからさ。友だちなわけじゃないよ」

でも、お母さんはちゃんと見ぬいているらしく、やさしい声できいてきた。

「なにがあったの？　話してちょうだい」

なにもかも話してしまいたかった。ディロンに「カレー頭」と呼ばれたことや、にげだしてトイレにかくれていたこと、学校ではひとりも友だちができなくて、初日から毎日バカにされて笑われていること。牛肉を食べさせられたことも言いたかったけれど、言えなかった。

「どうしたのよ」

お母さんはぼくの肩をつかんだ。

「いたっ！」

思わずぼくがさけんだから、お母さんはそっとぼくのパジャマのえり口を開き、はっと息をのんだ。

「どうしたの？　ここ」

指先でおそるおそるあざをなでる。とっさにうそをついた。

「なんでもないよ。うっかりぶつけたんだ」

おばあちゃんは部屋を出ていったかと思うと、すぐにセーターとショールをはおってもどってきた。赤いインド式スカーフで頭までおおっている。

「こんな朝早く、どこに行くんですか？」

お母さんの質問には答えず、おばあちゃんは強い口調で言った。

「来なさい、ラビ」

「どうして？」

「学校に行くよ。アルバート・アインシュタインだなんてご立派な名前の学校でなにが起きているか、あたしがこの目で確かめてやる」

「だからなんでもないって。学校にはいっしょに行けないよ」

おばあちゃんはキッとぼくを見つめた。

「いつから年寄りに口ごたえするようになったんだい？　それもアメリカ人に影響されたんだろ。おばあちゃんのことをはずかしいとでも思っているのかい？　このサリーとビンディー（インドで結婚している女性が額につける飾り）を見られたくないとでも言うのかい？」

「そういうことじゃないと思いますよ」

そう言ったお母さんに、ぴしゃりと言い返した。

「あんたになにがわかるんだい？　ラビ、言ってやりなさい。おばあちゃんの言うとおりだろ？　まぬけな年寄り(としより)は、もとのバンガロールにこもっていてほしいと思ってるんじゃないのかい？　そんな人をこけにしたような落書きや、どうやってつけられたんだかわからないあざを見たんじゃ、ラビがアメリカに住み続けたいって言ったって、あたしゃもういる気にはならないね」

「そんな、おばあちゃん、ぼくたちとずっといっしょに住んでよ」

おばあちゃんは無視(むし)して続けた。

「おじいさんにガレージからスーツケースを取ってきてもらうよ。今日、飛行機のチケットをとって、バンガロールへ帰るからね」

お母さんはため息をついた。

「そんなこと言わないでくださいよ、お義母(かあ)さん。ラビもいてほしいって言っているじゃないですか」

おばあちゃんはお母さんをにらみつけた。

「あんたの影響だよ。あたしもラビも、ちゃんと見ぬいているさ。一番あたしに出てってもらいたいと思っているのは、ラビじゃなくあんたのほうだってね」

「やめてよ！　学校にいっしょに行けないって言ったのは、ぼくが行かないからなんだよ」

「まだ気分が悪いの？」

お母さんがぼくのおでこにさっと手を当てて、熱がないか確かめた。

「脈はどうかね」

おばあちゃんも急に心配そうに声を落とし、ぼくの手首に指を当てた。ぼくはふたりの手をふりはらった。

「病気じゃないよ！　あんな学校、やめてやるんだ。退学する！」

CHAPTER 28

JOE
ジョー

「ジョー？」

ママがドアをノックした。

「あっち行って」

ぼくはまくらを顔に押し当てたけど、やっぱりママは無視して入ってきた。どっちにしろ入ってくるんだったら、なんでわざわざノックするのさ。

「朝ご飯を食べてないから、ピーナッツバターとジャムのサンドイッチを作ってきたわよ」

そう言って、牛乳の入ったグラスといっしょにベッドわきのテーブルに置いた。

「おなかすいてない」

まくらの下から言うと、ママはもうなにも言ってこなかったけど、まだそこに立っているのはわかった。鼻をすすって泣いているのが聞こえてきたから、まくらをもっと強く顔に押しつけた。今日はママ、泣いてばっかりだ。

「もう仕事に行かなくちゃ。なにかあったら、一階にパパがいるから。またあとで来るわね」

ママが出ていくとまくらを外し、サンドイッチに目をやった。でも本当におなかがすいていないんだ。とにかくまたねむりたい。ねむればなにも考えなくてすむから。ミアがサンドイッチを見てクンクン鳴いている。パンの耳をちぎって投げてやると、空中でキャッチして丸のみした。残りもあげようかと思ったけど、ピーナッツバターとジャムって犬に食べさせてもいいのかわからないし。

なかなかねむれないから、起きてパソコンでブロックくずしのゲームを二回して、『バディじゃなくてバドだ』を読み終えた。このクリストファー・ポール・カーティスっていう作家さん、他の本も同じくらいおもしろいんだったら、全部読みたいな。

食欲がもどってきた。牛乳を飲んでサンドイッチも食べたのに、まだおなかがすいている。木曜の食堂のメニューはマカロニチーズだ。学校に行けなくて残念なのは、そこだけ。ちょうどマカロニチーズを食べたい気分なんだよなあ。ママがいつもインスタントのをキッチンのたなに買い置きしているけど、今おりていったら、パパの「自分で立ち向かえ！」講座の第二部がはじまっちゃうだろうし。

だからあきらめて、授業についていけるように算数の練習問題を一ページやっておくことにした。ぼくってしっかりしてるな〜って思ったとき、ふとビーム先生に出されていた宿題のことを思い出した。「自分をあやなすもの」ってやつ。ゲッ、提出を忘れないようにって昨日も念押しされていたんだ。そのときになんとかメモをとれたから、「自分をあやなすもの」だと思っていたのはぼくの聞きまちがいで、正しくは「自分を表すもの」だとわかった。

自分がどんな人間かを表すものを選び、選んだ理由をカードに書くっていう宿題。こういうずかずかふみこんでくるような課題、ぼく大きらい。耳栓を持っていってカードに『ぼくはＡＰＤです』とでも書けばいいわけ？

廊下で物音がしてふり返ると、閉まっているドアの下から白い封筒が差しこまれるのが見えた。表に『ジョーへ』と書いてある。見るか迷ったけど、好奇心には勝てなかった。

ジョーへ

言葉で伝えるのは得意じゃないが、自分が悪かったときにどうあやまればいいのかは知っているつもりだ。ジョーは言ったね。自分がどんな人間か、ディロンってやつが思い知らせてくるって。でもそれを思い知らせるのはディロンの役目じゃない。父さんの役目だ。お前はかしこくておもしろくて、世界一の息子だよ。ジョー・シルベスター、お前は見かけ以上のものを持っているんだ。それを絶対に忘れるな。

P.S.週末、フィリーズとレッドソックスの交流試合があるぞ。いっしょに見ないか?

父さんより

三回読んだ。パパから手紙をもらうなんて初めてだ。そこに書いてある言葉が、ゆっくりゆっくり心にしみこんできた。そういえばバーンズ先生が教室のかべにはっているたくさんの格言(かくげん)の中に、こんなのがあったな。

『文字にしてみると、世界は変わる』

その意味がやっとわかったよ。そして明日、ビーム先生の宿題になにを提出(ていしゅつ)すればいいかもわかったんだ。

CHAPTER 29

RAVI
ラビ

ぼくはパジャマ姿のままリビングのいすに座って、麦芽飲料のオバルチンを飲んでいる。お父さんは言う。

「やめるなんてだめだ」

おばあちゃんも言う。

「そうさ。お父さんもアメリカで一生懸命働いているだろう？　毎日毎日電車で往復して、電話も鳴りっぱなしで。でも、やめたりなんかしないだろう？」

おじいちゃんは新聞を手に取り、静かに読める場所に歩いていった。おばあちゃんはレッドオイルを薬箱から出し、お母さんがぼくの肩にぬってくれた。インドで昔から使われている、痛みをやわらげる薬だ。そして、首まですっぽりかぶって目だけが出せるマンキーキャップと、それによく合う赤いセーターを差し出した。もうひとりのおばあちゃんが、アメリカへ引っ越すときのプレゼントに編んでくれたものだ。

「これを着て。風邪かもしれないから、あたたかくしたほうがいいわ。ベッドで休んでいなさい。目が覚めたら、スープとライスを用意してあげるわね」

お父さんがネクタイの結び目を整えながら言った。

「もう一度言うが、やめるなんてだめだからな」

ベッドに入る以外、にげ道はない。だから言われたとおり、セーターを着て、きついマンキーキャップをかぶり、部屋へと階段をのぼっていった。

汗びっしょりで目が覚めたのは、お昼の一時三十分だった。セーターとキャップをぬいで床に投げる。肩の痛みは少し引いたけれど、ねむったのにつかれはとれなかった。夢にフロスト先生が出てきて、「思いこみは、たいていまちがっているものよ」とずっと言い続けていたから。

一階におりると、おばあちゃんにきかれた。

「マンキーキャップは？　インド人にはアメリカの風は体に悪いんだよ」

「家の中じゃ風はふかないよ。それにあのキャップ、もうぐっしょり」

お母さんがエアコンの温度をあげたんだな。オーブンの中にいるように暑い。

「ラビ、おなかすいた？」とお母さん。

「早くお母さんの作った水っぽいスープを食べなさい。食べ終わったら、早くやらないと」とおばあちゃん。

「やるってなにを？」

「学校の荷物を、お母さんと見てみたんだよ。宿題をまだやっていないじゃないか。それで学校をやめたいなんて、言い出したのかい？」

おばあちゃんはぼくのメモ帳を差し出し、初日にぼくが書いたメモを指さした。


〝自分を表すもの〟

自分がどんな人間かを表すものを持ってくる。それを選んだ理由をカードに一行で書く。

名前は書かないこと。

「明日出さなくちゃいけないんでしょ？　どうしてまだやっていないの？　忘れていたの？」

　お母さんが言い、おばあちゃんも続けた。

「心配しなさんな。あんたがねている間に、ふたりで準備しておいたよ」

「え、どういうこと？」

　ぼくがきくと、お母さんが答えた。

「文房具屋さんに行って、必要なものをそろえてきたわ。それからシャープペンシルも新しく買っておいたわよ」

　シャープペンシルがなくなっていることを、お母さんには気づかれたくなかった。なくなっているのには気づいていたけれど、どこでなくしたのかわからない。

「ラビをあまやかしすぎだよ。ペンを全部なくして、弁当のナプキンもなくなっているなんて。もしお父さんが子どものころそんなうっかりした子だったら、ちゃんと自分のこづかいで新しいものを買わせたね」

お母さんがぼくの手をとった。

「スープは冷めてもいいから、用意したものを見てみて」

正直に言うと、宿題のことはすっかり忘(わす)れていた。

「自分を表すもの」——最初に聞いたときはかんたんな宿題だと思った。自分のことならよくわかっていたから。でも新しい学校に来て三日たち、ぼくはちがう人間になってしまった。カレー頭で、英語も話せないデキないやつで、友だちもいない。

ふたりはぼくをお父さんの部屋に連れていった。その机(つくえ)の上には、色とりどりのマーカーや金と銀のペン、つやつやの白いのり、ラメ、ビーズ、その他にもキラキラしたものがたくさんのっている。まん中には色画用紙があって、お母さんのていねいな字でこう書いてあった。

『太陽のように明るくかがやくラビ』

金色で書かれたその文字は、インドの古美術(こびじゅつ)のようにラメやビーズでふちどりされている。その下には写真がはってあり、それもかざりつけられている。算数オリンピック授賞式(じゅしょうしき)のぼくの写真、マラソンで金メダルをとって表彰台(ひょうしょうだい)に立つ写真、インドの学校で最優秀生徒に選ばれたときの認定証を持った写真。メダルの実物までひとつセロテープでとめてある。これまでの自分のかがやく瞬間の数々を目の前にして、世界の頂点に立っているような気分になってもいいはずだけれど、反対におなかが痛くなってきた。本当に病気なのかもしれない。

「気に入ったかい？」

おばあちゃんの目は、誇らしげにかがやいている。ぼくはなみだがあふれてきた。

「ごめん、おばあちゃん。これは学校に持っていけないよ。おばあちゃんの言っていたとおりだ。おじいちゃんが茶畑で一生懸命働いてくれたのに、ムダにしちゃった。ぼくはアメリカでは負け犬なんだ」

ぼくを見たおばあちゃんの表情は、やさしかった。

「ラビ、泣くんじゃないよ。だいじょうぶ、うまくいくさ」

そして、ぼくの背中をぽんとたたくと、静かに部屋を出ていった。

「なにがあったの、ラビ？　話してちょうだい」

お母さんにきかれ、やっと打ち明ける決心がついた。

ぼくが気持ちを全部はき出すと、お母さんはぼくを抱きしめて、肩にかけたサリーの端でなみだをふいてくれた。

「だいじょうぶよ」

おだやかな声で言ってくれたその言葉を信じたかったけれど、お母さんがこれまでしてくれたことは、なにひとつ助けにはならなかった。ナンカタイも魔除けも。お母さんには魔力があるはずなのに、それも無力だった。

「ラビ、おじいさんが話があるってさ」

おばあちゃんがもどってきて言った。そのとなりにいるおじいちゃんは、あたたかそうなセーターを着て、マンキーキャップをかぶっている。手には、キッチンから持ってきた小さな茶こしが。おじいちゃんは口を開いた。

「おいで、ラビ。いい考えがある」

FRIDAY

金曜日

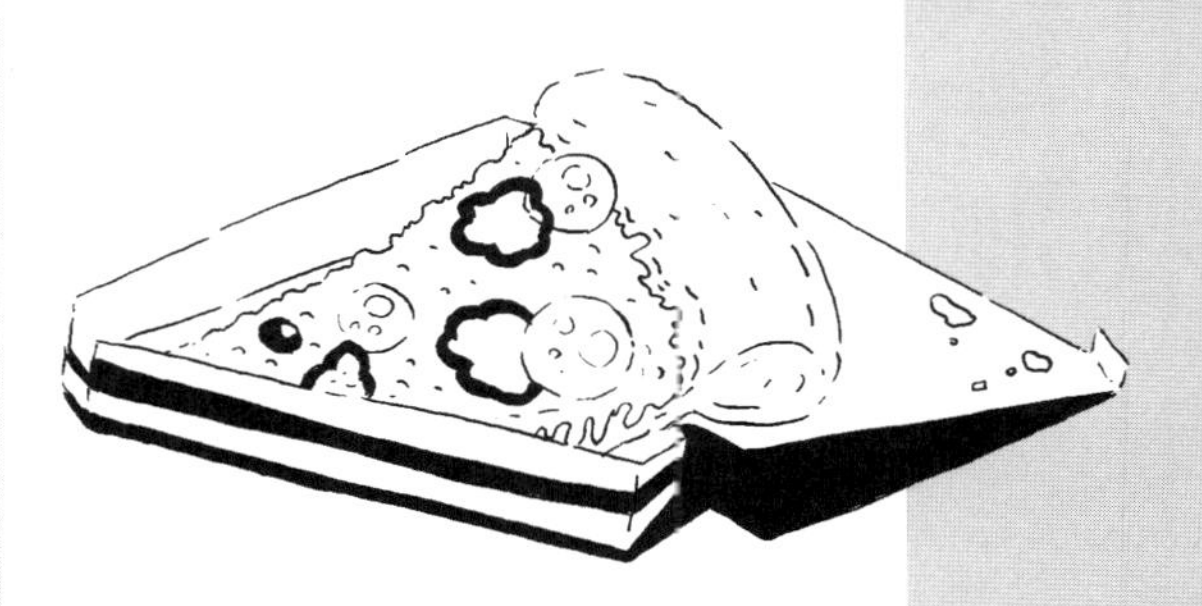

ピザ

CHAPTER

30

JOE

ジョー

「学校まで送っていこうか？」

ママがきいた。もう着がえてエプロンもつけている。外では稲妻（いなずま）が光り、ドーンと大きな音がした。ぼくは窓（まど）から暗い空を見上げて言った。

「うん、乗せてって」

グラスをかたむけ、ママが用意してくれたイチゴバナナスムージーの最後のひと口を飲みほした。ウェボス・ランチェロスはなくて、今日はシリアルがボウル二杯（はい）とスムージーだけ。いつもどおりの朝ご飯だ。

パパがキッチンに入ってきた。ひげそりのときにあごをちょっと切ったみたいで、ティッシュを当てながらママにきいてきた。

「ジョーにもう言ったか？」

「なにを？」

とまどってぼくがきくと、ママは言った。

「仕事、やめることにしたのよ」

「やめなくていいのに」

ぼくはそう言ったけど、心の中で「やった！」とさけんだ。

「もう決めたの。職場にも伝えたのよ。今日でおしまい」

「でもお金が必要なんでしょ？」

「他の仕事をさがすわ。正直に言うと、あの仕事、もうあまりやる気がしなくて。調理員の人に、メニューを少し変えてキヌア（栄養価が高い雑穀）とか豆腐とか、体にいい食材のものも選べるようにしたらって提案したら、頭おかしいんじゃないかって目で見られたの」

笑っちゃった。キヌアや豆腐もいいけど、やっぱりチキンフィンガーやハンバーガーのほうがずっとおいしい。もし本当にママがスタッフをやめるなら、またランチタイムが学校でぼくの一番好きな時間になる。イエイ！　そのときまた稲妻が光った。

「レインコートがいるわね」

「一試合目は今夜七時だぞ。見るんだよな？」

パパが念押しした。

「もちろん！　レッドソックスでオルティス選手が大活躍するに決まってるんだから、見のがすはずがないでしょ？」

歯をみがきに二階へ行くと、ミアがベッドの下にかくれているのが見えた。かみなりがこわいんだ。

「だいじょうぶだよ、ミア」

ベッドの下に手をのばして頭をなでたとき、ママの声がした。

「ジョー、早く！　道路が水びたしになったらスリップしちゃう。遅刻したら困るわ」

ぼくはミアをもう一度なでるとリュックサックをつかみ、一階へおりていった。

「忘れものはない？」

ママがそう言って、レインコートを差し出した。

「ちょっと待って」

ぼくはキッチンへ走って引き出しを開けると、昨日ママが刻んだハーブを入れていたのと同じような、ガラスの小皿を取り出した。ぼくがそれをポケットに押しこむのを見て、ママはきいた。

「それ、なにに使うの？」

「宿題でいるの。ちゃんと返すから」

「なんの宿題？」

「車の中で話すよ」

走る車の中で、「自分を表すもの」という宿題のことや、なにを提出するつもりなのかを話すと、ママはなみだを流した。でも今度はうれしなみだだ。

「ほんと、ジョーったら最高ね！　自分でもわかってる？」

うそみたいだけど、ぼくも自分のこと、最高なんじゃないかってちょっと思った。

学校に着くまで、すごくいい気分だった。しかも食堂の金曜のメニューはピザだ。ぼくが一番好きなメニュー。車が学校の敷地に入ったそのとき、突然、えんじ色の車が猛スピードで曲がり角からあらわれて、ぼくらの車にぶつかりそうになった。

「ちょっと、どこ見てるのよ！」

ママが大声で言って、クラクションを鳴らした。その車を運転している女の人もクラクションを鳴らしたけど、スピードは落とさない。子どもをおろすためにならんでいる車の列にさっと目をやると、その人は先頭にわりこんでななめに車をとめ、道をふさいだ。

中から、すその長い青いドレスを着た黒髪の女の人がとびおりてきて、見たこともないくらい大きな傘を広げた。雨はいっそう強くなってきた。ぼくとママが駐車場を走って通りぬけ、水たまりをとびこえる中、その人は車の反対側にまわりスライドドアを開けた。すると、変な赤いぼうしをかぶった小さな男の子がおりてきた。

背が低いから、はじめは一年生なのかなと思ったけど、ふり返ったその子が親指でメガネを押しあげるしぐさを見て、だれだかわかった。

CHAPTER 31

RAVI
ラビ

大きな傘を差してお母さんと校舎に向かっているとちゅう、黄色いコートを着た背の高い女の人とビッグフットが通りをわたってくるのが目に入った。風で女の人のコートがめくれて、中にエプロンを着ているのが見えた。食堂のスタッフなんだろうな。ひょっとして、ビッグフットのお母さん？　ふと、おばあちゃんが見つけた落書きのことを思い出した。そういえば『バカな子のママ』と書いてあった。あの落書きを書いたやつは、ビッグフットのお母さんをけなしたということか。ぼくのお母さんをけなしたように。

ぼくのマンキーキャップのしわをのばしながら、お母さんが言った。

「聞いてる？　今日のお弁当はカードライス（ご飯にヨーグルトやショウガを混ぜたもの）よ」

「さっき聞いたよ」

「最後まで聞いて。カードライスを入れておいたけれど、学校のメニューを見てみたら今日はピザね。肉は入っていないわ。だから――」

お母さんが肩にかかったサリーの端の結び目をほどいた。ときどきここに、小物を包んで結んでいるんだ。中には一ドル札二枚と二十五セント硬貨二枚が入っていた。

「みんなと同じものを食べたいかと思って」

ぼくがやりたかったこと、それは、

1　お母さんをぎゅっと抱きしめキスする

2　「世界一のお母さんだよ！」と言う

3　『バディじゃなくてバドだ』を開いて、バドが「いつも心の中にお母さんがいる」と言っているシーンを見せる

でも実際にやったことは、

1 「ランチ代ありがとう」と言う
2 あたりを見まわして、だれにも見られていないことを確認する
3 お母さんを一瞬軽く抱きしめる

……去っていく車の中から、お母さんとおばあちゃん、おじいちゃんが手をふっているのが見えた。ぼくは車が丘の向こうに見えなくなるまで、ずっと見つめていた。

昨日は敗北者のような気分だったけれど、今は、世界で一番ラッキーな人間になった気分だ。

CHAPTER 32

JOE
ジョー

三台先にとまった黒い高級車から、ディロンがとびおりるのが見えた。車内では、ディロンのお母さんが、車の日よけについている鏡を見ながら口紅をぬっている。ぼくのママが口紅をつけるのは、パーティのときくらいだ。つけないほうがきれいだけどね。

風も雨も強くなってきた。ラビのお母さんの車が道をふさいでいるから、周りの車がクラクションを鳴らしはじめた。

「耳栓する？」

ママにきかれ、首をふった。

「ううん、だいじょうぶ」

ディロンがドンッと車の屋根にこぶしを打ちつけ、大声で言った。

「母さん、トランク開けろよ！　聞こえてないのかよ。トランク開けろって！」

やっとトランクが開き、ディロンが身をかがめて中から大きな紙箱を取り出した。

両手で抱きかかえ、トランクも閉めずに歩いていく。

ぼくはママと顔を見合わせ、走っていってトランクを閉めた。ディロンのお母さんはなにも言わず、日よけを上げて車を走らせ帰っていった。

校舎の玄関を入るとき、ママが言ってきた。

「ジョーってほんと最高よ。あら、さっきも言ったかしら？」

ママはそのまま食堂へ向かい、ぼくは教室へ歩いていく。前をラビが歩いている。おかしな赤い帽子はもうぬいでいて、指で髪をとかしているけど、あんまり整っていないな。ラビとぼくが教室に着くと、ディロンが入り口に立っていた。

「かわいこちゃんたち、おはよう。昨日はふたりとも休みでさびしかったよ」

ワニみたいなギラついた笑顔を向けてきたけど、ぼくもラビも無視した。まっすぐ席に向かったラビは、茶色い紙に包んだ、なにか小さなものを手に持っている。ぼくはポケットに手を入れ、ガラスの小皿が入っているのを確かめた。車の中でママに話したときはすごくいい考えに思えたけど、自信がなくなってきたな……。もし、だれも意味をわかってくれなかったら、どうしよう。

ビーム先生がみんなに言った。

「では、まず机の上に持ってきたものを置いて、カードはこのかごに入れてください」

もう引き返せない。ぼくはレインコートをかけて小皿を机にのせると、リュックサックの中をかきまわして、『自分を表すもの』が入ったビニール袋をさがし出した。色も形もかんぺきなのを選んできたんだ。学校に着くまでの間に欠けたりくだけたりしていないかよく確認すると、小皿に入れて、一文を書いたカードを先生のところへ持っていった。

「なにを持ってきたのか、見せてもらうのが楽しみだわ、ジョー」

先生に笑顔で言われると、なんだか明るい気分になった。ぼくの宿題のアイデアを、先生は気に入ってくれるかもしれない。ぼくのこと、話をよく聞いていないクラスの厄介者なんかじゃないって思い直してくれるかも。バーンズ先生みたいに、通知表に素敵なコメントを書いてくれるかもしれない。

でも、思いえがいたそんなことは、実際にはなにひとつ起こらないんだってわかった。だって席にもどると、小皿の中身がからっぽになっていたから。

CHAPTER 33

RAVI
ラビ

教室に着くと、ディロンが入り口に立っていた。悪役俳優のようなその顔面を無視して、ぼくは席についた。

「机の上に持ってきたものを置いて、カードはこのかごに入れてください」

先生に言われ、ぼくは持ってきた包みを開ける前に、まずくもったメガネをふくことにした。バトラ先生からもらったメガネふき用の布でふかないと、お母さんに怒られる。リュックサックを開けて布を取り出し、メガネを外そうとしたとき、ディロンがビッグフットの机のところにやってきた。そして机の上からなにかをとって、さっと口に入れると、また席にもどった。

でも、ぼくにはちゃんと見えていた。ディロンがなにをとったのか。

CHAPTER 34

JOE
ジョー

うっかりしてた！　ぬすみぐせのあるあいつが目と鼻の先にいるのに、机に置いたままで席をはなれるなんて。ぼくが宿題になにを用意したか、ビーム先生が知ったら感心したはずなのに、残っているのはからっぽの小皿だけ……ぼくの心もからっぽだ。

ラビはカードをかごに入れにいくとき、持ってきた包みは開けないまま机に置いていた。運よく、そのときディロンは自分の包みを開けるのに一生懸命だった。ぼくは、先生がラビにクッキーの感想を話している様子を見ていたけど、ディロンが持ってきたものが目に入って、そっちにくぎづけになった。

それは大きなプラスチック製の黄色い星で、ディロンの顔写真がでかでかとはってあった。まったくサイコーだよ。それからディロンは単三電池のパックを開け、星の裏側にセットした。セットを終えて机に置き、スイッチを入れると星はパッと光り、『ゲットー・スーパースター』という黒人ラップ歌手のヒット曲が流れはじめた。自分はスーパースターだってアピールか。

ルーシーたちが走りよってきて、歌うディロンの周りでダンスしはじめた。音痴だけど女子はおかまいなし。今日のパンツは黄色い星の模様で、ジッパーは第三ボタンまで開けている。ゲーッ。たぶん胸にはラメもつけているんだろうな。

「さあ、みんな席について。はじめますよ」

ビーム先生が言った。はあ……どうしよう。

CHAPTER 35

RAVI
ラビ

「ラビ」

かごにカードを入れると先生に呼びかけられ、ドキッとした。ぼく、またなにかおかしなことしたのかな？　お母さんがきれいな字で代わりに書いてあげようかと言ったけれど、断って自分で書いてきたんだ。でも先生は、ぼくの字じゃ読めないのかな？

昨日の夜、おじいちゃんと話をしてから、この宿題を提出することは、ぼくだけではなく家族みんなの誇りでもあるんだと確信するようになっていた。でも今、これまでの失敗が波のように押しよせてきた。ぼくの英語のアクセントとか、あの算数の授業とか、すぐ笑われるしぐさとか……。

「今日は来てくれてよかったわ。昨日は欠席だったから、がっかりしたんですよ」

先生に言われ、ぼくは思わず答えた。

「え、そうなんですか……」

先生は笑った。

「そんなにおどろくことかしら？　クッキーがとてもおいしかったと伝えたかったんですよ。変わったスパイスが入っていたけれど、なんというスパイスか知っている？」

ぼくはまたうなだれて小声で言った。

「すみません、クミンです」

「すみませんだなんて。ちがうのよ、それが入っていたから、とてもおいしかったんです。全部食べてしまいそうで、がまんするのが大変でしたよ。お母さんに作り方を教えていただけないかしら。クッキーの名前、もう一度教えてくれる？」

「ナンカタイです」

「ナン　カ　タ　イ」

ゆっくり言ってみた先生の発音はパーフェクトだ。ふと、ぼくが足を引っかけられたことについてフロスト先生が言っていたことや、「思いこみは、たいていまちがっているものよ」という言葉を思い出した。

ぼくは少しふるえた小さな声で言った。

「ビーム先生……ぼくの名前はラビじゃありません。ラビです」

先生はぼくを見てほほえんだ。今まで気づかなかったけれど、先生の目はピスタチオのような色をしている。

「教えてくれてうれしいわ、ラビ。この発音で合っているかしら?」

ぼくはうなずいてほほえみ返した。

「『太陽』という意味なんです」

席にもどると、心が軽くなっているのに気づいた。アメリカでの生活も、やっといい風がふいてきたぞ。

でもその気分は、ビッグフットの姿が目に入ったとたんにふきとんだ。席に座ったまま、からっぽの小皿を見つめ、とても悲しそうな顔をしている。ぼくは自分のことでずっと頭がいっぱいだったけれど、ビッグフットとお母さんをえがいたあのひどい落書きのことや、ディロンがさっき小皿からぬすんだものくらいは、ちゃんと覚えている。

これはぼくにとって、チャンスなんだ。インドで、ぼくはラマスワミに冷たい態度をとっていた。それにアルバート・アインシュタイン小学校に来てからも、人を見下すような態度をとってきた。これは、そんな自分の罪ほろぼしのチャンス。

ぼくは机の引き出しに手を入れると、指の感触をたよりにお目当てのものをさがし出した。そして筆箱にしまって、時が来るのを待った。

CHAPTER

36

JOE

ジョー

ビーム先生が説明した。

「では推理ゲームをしましょう。かごからカードを引いて、それがだれのカードか当てられたら成功です。それぞれの机に置いてあるものをヒントに、当ててくださいね」

はあ……。学校がはじまってまだ十五分しかたっていないのに、ぼくの一日はもうまっ暗。からっぽの小皿を見下ろした。ぼくのカードの文を見て、この小皿と組み合わせられる人なんていないよ、百万年たったって。

ラビは一生懸命に自分の包みをほどいている。中身がなんなのか気になって、左に身を乗り出してみた。茶色い紙の周りに、これでもかってくらいぎっちぎちにセロハンテープがまかれている。やっとはがしたと思ったら、その下は新聞紙で包んである。そして、その下はさらに、またテープをまいたアルミホイル。

「はじめる前に、少し時間をとりますから、静かにみんなの席を見てまわって、机（つくえ）になにが置いてあるか頭に入れてくださいね。そのあとゲームをはじめましょう」

先生が言った。なにかはじめるときは、端（はし）っこからがいいってフロスト先生にいつも言われているから、ぼくは一列目の端（はし）の席まで歩いていった。そこはエイミー・ヤマグチの席で、テディベアみたいなのを机（つくえ）に置いている。灰色（はいいろ）だし、中の綿（わた）もすかすかだから、テディベアなのかなんなのかよくわからないけど。それに顔のところは、ぼろぼろにすれているし。使い古されていて、近づいたらひどいにおいがしそう。

他にも何人か、ぬいぐるみを持ってきている女子がいた。あとはブレスレットのお守りとか、香りつきのリップクリームとか。男子はゲーム機やスポーツに関係のあるものを持ってきている子が多い。ティム・オトゥールは、折れた前歯を持ってきている。みんな、その前歯にまつわるエピソードは知っている。去年の冬、ティムはホッケーの試合中にゴールポストにスライディングして、前歯をぶつけて折ったんだ。ロから血を流しながら決勝点を決めた。で、そのときのティムの写真は、地元紙の一面にのったんだよ。『あきらめずにゴールする地元のゆうかんな少年！』っていうコメントつきでね。

次の列を見てまわろうとしたとき、ルーシーがラビの机を見て、さけび声をあげた。なにがあったのかとビーム先生がかけよって、みんな周りに群がった。こういうときだけは、背が高いと役に立つんだよな。みんなの頭ごしに、なにがあったのかよく見える。そこではラビが、ちょうど包みを完全に開けて中身を取り出したところだった。机の上にのっているのは、にごった水がいっぱいに入ったガラスの瓶で、その中で泳いでいるのは三匹の黒くて細長い……。

CHAPTER 37

RAVI
ラビ

「ヒルです」

瓶（びん）の中身を見ようと身を乗り出すみんなに、ぼくは言った。

昨日、ぼくはおじいちゃんに散歩にさそわれた。

「どこに行くの？」

そうきくと、おじいちゃんは言った。

「今にわかるさ」

ニュージャージーに引（ひ）っ越（こ）してきてから、おじいちゃんは無口になった。食事のときもひとこともしゃべらず、食べ終わるとソファーに行って、ビンロウの実をガムのようにかみながらひとりで新聞を読んでいる。でも昨日いっしょに歩いている間は、おじいちゃんはたくさん話しかけてくれた。

「どうして学校をやめたいんだい？」

「みんなぼくのことがきらいだから。くさいって」

「周りがどう思っているかは関係ない。やめるなどという選択肢はないんだよ」

「うん……お父さんにも言われた」

「お父さんが子どものころにも、同じことを言ってやったからな。ラビもいつか子どもができたら、やっぱり同じことを言うだろうさ。やめるなどという選択肢はないんだよ」

「おじいちゃんはわかってない。他のみんなも」

しばらくふたりともだまったまま歩いていたけれど、ようやくおじいちゃんが口を開いた。

「インドでは、茶葉は手で摘むというのは知っているかい？　枝の先にある芽と三枚の葉を摘み取るんだ。やわらかい新芽を摘んで、ひもで頭に引っかけたかごに入れる。わしが若いころ、初めてまかされた仕事は、茶畑に立ち続けることだった。雨がふりそそぐ中、畑に立ち続け、そのあたりにひそむ生きものから茶摘みの働き手たちを守る役目だったんだ」

「生きものって、どんな？」

おじいちゃんはその質問には答えず、ぼくの手をとって長くのびた草をかきわけ、池のふちまで連れていった。いつもお母さんとおばあちゃんに、近づかないようにと言われている池だ。

「なにをするの？」

そうきいてもやっぱりおじいちゃんは答えず、服のすそがぬかるみにつかないように気をつけながらしゃがんだ。ぼくも横にかがんで、おじいちゃんが茶こしを池のふちの水にひたし、ゆっくり水草の間をさらっていくのを見ていた。はじめの二回は、持ちあげても泥と枯れ葉しかとれなかったけれど、三回目でやっと成功した。三匹の黒くひょろ長いミミズのような生きものが、茶こしの中でのたうちまわっていた。

「こいつらのことを『ドラキュラの化身』と呼んだものさ。モンスーンの大雨の時期、茶畑にはこいつらがそこいらじゅうにひしめき合っていた。もっとずっと大きかったが、この三匹で、まあいいだろう」

「いいってなにが？」

「ばあさんに宿題のことを聞いたよ」

「自分を表すものを持っていく宿題なんだよ。ぼくはヒルだということ？」

おじいちゃんは笑ってポケットから小さなガラスの瓶を取り出し、差し出した。

「水をいっぱい入れるんだ」

ぼくがそうすると、おじいちゃんは中に三匹のヒルを入れ、ふたをきつく閉めた。

「わしらが何者であるか、どこから来たか、ここにたどり着くまでにどれだけの困難を乗りこえてきたか、このヒルが思い出させてくれるんだよ、ラビ」

ぼくはバンガロールの家やプラモッドのことを思い出した。そして前はどんな日々を送っていて、ぼく自身がどんな存在だったかということも。

「ぼく、もう自分がどんな人間かわからないんだ、おじいちゃん」

おじいちゃんは片手でぼくをしっかりと抱きよせた。

「お前はラビ・サイアネリヤナンだ。サイアネリヤナン家の者は、決してあきらめない。どんなにむずかしいことでも自分を信じ、懸命にやりとげる。わしは、ちっぽけな茶畑の主だった。そのわしの息子が、一流大学に入り、家族を引き連れてアメリカに移住するなど、だれが想像したと思う？　だがそんなありえないようなことが、実際に起きた」

「バンガロールにもどりたいよ」

ぼくは小さな声で言った。

「わしもだ。でもお前にとってこの国は、たくさんの可能性を秘めているはずだ」

「でも、ぼくの居場所には思えないんだ」

おじいちゃんはぼくの手をとった。

「時間はかかるさ。行こう、ラビ。お母さんとばあさんが待っている。おそくなれば、ばあさんがいつもぶつくさ言っているこのあたりの悪い風に当たって、ふたりともふきとばされたんじゃないかと心配するだろうさ」

クラスのみんなは、まだヒルを見ようとぼくの机に群がっている。今だ！　ぼくは筆箱を開け、三日前に特別支援教室でフロスト先生がくれた青いお菓子を取り出した。机に入れたまま、今朝まですっかり忘れていた。でもこの計画の中で、この小さなお菓子が重要な役割を果たすんだ。ぼくは周りを見まわし、だれも見ていないことを確認すると、それをビッグフットの小皿に入れた。

CHAPTER
38

JOE
ジョー

えっ、どういうこと？　席にもどったぼくは、自分の目が信じられなくて何度もまばたきした。小皿に青いピーナッツのM＆M's が入っている！　これ、目の錯覚じゃないよね？　さらにびっくりなのは、ぼくが家から持ってきたのじゃないってこと。ぼくのはふつうのM＆M's だった。でも目の前にあるのは、ふたつくっついたやつで、とくに青でそんなふうになっているのはすごくめずらしいんだ。

それでわかった。これを入れたのはだれなのか。

CHAPTER

39

RAVI

ラビ

「では、わたしからはじめますね」

先生はかごに手を入れ、カードを一枚取り出すと、読みあげた。

「『神と国へのつとめを果たし、常に人々の役に立ち、ガールスカウトのおきてにしたがうことを誓います』」

いすから立ちあがって、ディロンが言った。

「楽勝！　セレーナだ。五年生にもなってガールスカウトやってる女子なんて、他にいないでしょ」

先生のまゆが引きつった。

「さっき言ったように、だれのものか当てていいのはカードを読んだ人だけです。今はわたしの番。あなたじゃありませんよ」

ディロンはドサッといすに座り、先生はセレーナの席に来た。保健室までぼくの荷物を持ってきてくれた、緑のユニフォームの女の子だ。

「これはセレーナのカード？」

その机にはメダルがあって、緑のリボンにはバッジがついている。先生はメダルの横にカードを置き、セレーナは顔を赤くしてうなずいた。

「次はあなたの番ですよ」

先生にかごを差し出され、セレーナはカードを一枚引いて読みあげた。

「『やっぱりブロンドが一番』」

「さーだれかなー」

ディロンがそう言うなか、セレーナはルーシーの席へ歩いていって、銀色のくしの横にカードを置き、たずねた。

「ルーシーのカード？」

ディロンが鼻で笑った。

「そりゃそうだろ。ルーシーに決まってる。このゲーム、バカみたいだな」

ビーム先生はディロンをにらみ、かごを差し出されたルーシーはカードを引いた。

『おれの天下』

「ヒントやろうか？」

ディロンがそう言って星のスイッチを入れると、音楽が流れ出した。

ディロンはいすにとびのり、長い舌をつき出して音楽に合わせべろべろ動かしている。茶こしの中でのたうち回っていたヒルの動きにそっくりだ。

先生のまゆはもう引きつることはなく、まっすぐ動かなくなっていた。先生はディロンの席にやってきて、スイッチを切った。

「いすからおりなさい」

おりるとき、ビッグフットの机を見たディロンは、小皿に青いお菓子が入っているのに気がつき、目を大きく見開いた。

へへん！

CHAPTER 40

JOE
ジョー

「だれのカードだかわかりますか？」

先生にきかれ、ルーシーはうなずいてかたまっている。

「ルーシー、どうかしました？」

「ヒルがこわくて……」

ルーシーは消え入りそうな声で言った。

「ミミズみたいなもんだろ？　なにこわがってんだよ」

先生に音楽をとめられてからイラついているディロンがそうはきすてると、ルーシーはじろっとにらんだ。いい気味。カップル成立も、これでなくなっちゃった？

そのときラビが手を挙げた。

「どうぞ、ラビ」

先生が初めてラビの名前を正しく発音したのに、ぼくは気づいた。

「ルーシー・マリガンに教えてあげたいんですけど、この瓶のふたはきつく閉めてありますからだいじょうぶです。祖父としっかり確認しましたから、ヒルがにげることはありません。見てください」

ラビは瓶を上下にひっくり返してみせた。水は一滴ももれなかったけど、ヒルはびっくりしたみたいで、うにょうにょうごめきはじめた。ルーシーは今度はさけんだりせず、だまってまっすぐ歩いていき、ディロンの机にさっとカードを置いた。そしてディロンには目もくれず、ラビのほうを向いてにっこりし、かわいく首をかしげて言った。

「わたしの名前、覚えてくれていたのね」

こんな衝撃の瞬間を目の前にして、ディロンがどう出るか？　……と思ったけど、ディロンはルーシーのことは見ていなかった。その視線はまっすぐヒルの瓶にそそがれている。

あれは……もう何万回も見てきた目つきだ。

CHAPTER 41

RAVI
ラビ

「あなたの番ですよ」

先生はディロンにかごを差し出した。

「つまんないゲームだな。なにがおもしろいわけ？　勝ち負けがあるわけでもないし」

「楽しもうという気持ちをもってくださいね。ゲームというのは、必ず勝ち負けがあるわけじゃないんですよ」

先生はディロンにあまいよ。インドのアラン先生にこんな口答えをしたら、土下座（どげざ）させられるか、ずっとかべに向かって反省しているよう言われるに決まっている。

ディロンはわざとらしくかごの中でぐるぐる大きく手を回して、カードをかき混（ま）ぜた。おおげさな演技だな。こんなやつと友だちになろうとしていたなんて、自分が信じられない。

「アブラカタブラ！」

そう言ってカードを引くと、特別なショーでも見せるかのように宙で泳がせた。みんな、しんとしている。ルーシーまでも。ルーシーはどうしてか、ぼくをじっと見つめている。ディロンは前髪をふりはらうとカードを読みあげた。

「『やめるという選択肢はない』」

ディロンは目を見開いた。

「へー、だれのだ、これ」

そしてティムだったかジムだったか、今でも名前がわからない男子の席まで歩いていき、その机にカードを置いて、自信たっぷりに言った。

「お前の？」

ティムかジムは首をふった。

「いや、おれのじゃない」

信じられないといった顔でディロンは言った。

「は？　お前のじゃないわけ？　いや、お前のだろ。やめない熱血タイプって言えば、お前じゃん。みんなそう思ってるぞ」

ティムかジムは肩をすくめた。

「おれじゃないよ」

先生のピスタチオ色の目は、小さな緑の星のようにかがやいた。

「ほら、やっぱりこのゲーム、かんたんじゃないでしょ？」

「じゃあ、だれのカードだよ」

教室を見まわしたディロンに、ぼくはウインクしてほほえんだ。

「ぼくのだよ」

CHAPTER 42

JOE
ジョー

「でたらめ書いたな！　当てられるわけないだろ。なんでヒルがこの文と関係あるんだよ」

ディロンがわめき、先生が言った。

「ラビ、ヒルとカードの文がどうつながるのか、前に出てきて説明してもらえますか？」

もしぼくが先生にそんなふうに言われたら、大汗かいちゃうよ。みんなの前で説明するなんて。でもラビは全然ひるむことなく、むしろうれしそうだ。メガネを押しあげると、演説をはじめるみたいに咳ばらいした。ぼくは耳をかたむけながらも、ディロンから目をそらさないようにした。ラビが発表しているすきに、ヒルに手を出すかもしれないから。

「『やめるという選択肢はない』――これは祖父が父に伝え、父がぼくに伝え、いつかぼくも自分の子どもに伝えるつもりの言葉です」

「はいはい、すごいね。それがどうヒルと関係あるわけ？　でたらめ言ってんだろ」

ディロンが口をはさむと先生がとめた。

「シーッ。ラビ、続けて」

ラビはまたメガネを押しあげた。

「説明はそれだけですが、もしよければひとつ、みんなに話をしたいと思います」

CHAPTER 43

RAVI
ラビ

ぼくは鼻をこすり、メガネを押しあげた。少し手がふるえているから、インドのスピーチの授業で教わったとおり、ぎゅっとこぶしをにぎった。

「何世代にもわたって、サイアネリヤナン家の者たちは茶葉を育てる仕事をしてきました。祖父は若いころ、茶畑で野生の生きものから労働者を守る役をまかされていました」

教室を見まわすと、みんな聞き入っていて、身を乗り出している子もいる！　ぼくはおじいちゃんから聞いた話に少し尾ひれをつけて、ドラマチックに話すことにした。

「みなさんは、ヤマアラシやイノシシにおそわれたことはありますか？」

床をドンッとふみ鳴らす。

「ヒョウが茂みから今にもとびかかろうと身がまえているところに、遭遇したことはありますか？　ケンカしている二頭のゾウにはさまれて、身動きがとれなくなったことがありますか？」

緊迫感を出すためにそこでいったん口をつぐみ、みんなを見まわした。何年もスピーチの授業を受けてきた成果が出ているぞ！

「想像してみてください。さあ、ここは茶畑、モンスーンの季節です。ふり続く雨で地面はぬかるみ、最強の危険生物が身をひそめるには格好の時期。ヤマアラシよりもヒョウよりもおそろしいその生きものが、あなたの体にへばりつき、カミソリのようにするどい数百本もの歯を、肉の奥深くまでつき刺すのです！」

「ひえーっ」

さけんだジャックスを、となりの男子がにらむ。

「静かに！　聞こえないだろ」

もりあがるタイミングをのがさないよう、ぼくは大きく息を吸って続きに入った。

「祖父は毎日、その小さなドラキュラの化身たちとたたかっていました。想像してみてください。あなたは今、焼けつくような日差しのもと、茶葉を摘んでいます。するとふと気づくのです……ぬめぬめした黒いミミズのような生きものが、まさに今、自分の体に食いつき、生き血を一滴残らず吸いつくそうと待ち構えていることに。ほら、そこそこ！　足元にいる！　気をつけて。耳の後ろにも！　信じられないかもしれませんが……吸血ヒルは、鼻の穴にまでもぐりこんでくるんですよ！」

話がついにクライマックスに向かおうとしたそのとき、ゲボッと大きな音にさえぎられ、教室にひどいにおいが立ちこめた。ディロンが大声で言った。

「見ろよ、エミリーがはいたぞ！」

CHAPTER

44

JOE
ジョー

鼻までもぐりこんでくる吸血ヒルの話を聞いて、エミリーが朝ご飯をはいちゃった。みんなさけび声をあげて走りまわり、ディロンは爆笑。エミリーは泣き出して、ビーム先生は事務室に電話し、用務員さんにモップを持ってきてほしいと伝えた。

ラビがかわいそうになった。せっかくの舞台だったのに、今はもうみんな、エミリーがはいたことで頭がいっぱい。フロスト先生が言っていたとおりだった。インドから遠くニュージャージーまでやってくるのは、きっととても大変なことだったんだ。それなのに、ひどいあだ名をつけられたり、シャープペンシルをぬすまれたり、わざとボールをぶつけられたりして。

ぼくは目の前の小皿に入っているM&M'sに目を落とし、ひらめいた。すごくいいアイデアが、ズババーンと浮かんできたんだ。

CHAPTER 45

RAVI
ラビ

ひどいにおいだ。女子はさけび声をあげて、エミリーは泣き出し、ディロンは爆笑している。先生はぼくに席にもどるように言って、みんなに『バディじゃなくてバドだ』の本を出すように言った。

「用務員さんが掃除してくださるまで、図書室に行って本を読んでいましょう。もどったらゲームの続きをしましょうね」

「だっせーカレー頭の話が下手すぎるから、はいちゃったんだな」

ぼくが席に着くとディロンがそう言ってきたけれど、無視して本を出した。

そのとき、ヒルの入った瓶の横に、折りたたんだ紙切れがあるのに気づいた。開いてみると、こう書いてあった。

『気をつけて！　瓶にはさわらないで！　ぼくを信じて――ジョー』

今日はサプライズ続きだけれど、またひとつ、なにか起こりそうだぞ。

CHAPTER

46

JOE

ジョー

図書室へ向かうとちゅう、胃がキリキリしてきた。本当にうまくいくかな？　前のほうでディロンがルーシーに舌をつき出しているけど、無視されている。ラビはなにも言ってこないけど、メモを読んでいるのは見えていた。ディロンがぼくの思ったとおりに行動するといいけど……。図書室が近づくにつれ、こんなプランがうまくいくと思うなんて、ぼくはおかしいんじゃないかって不安になってきた。

でもそのとき、ひとつ目のドミノがたおれた。

「おっと、本忘れた。もどって取ってきます」

ディロンが先生にそう言って教室に向かったのを見て、思った――よし！

廊下をもどっていくディロンの後ろ姿を見ながら、これまで受けてきた仕打ちの数々を思い返した。ぼくだけじゃなく、ラビがされたことも。二頭のシマウマがタッグを組めばいいんだ。ふたつくっついたM&M'sを小皿の中に見つけたときにぼくが感じた気持ちを、ラビにも味わってほしい。教室に入っていったディロンを見つめながら、ぼくはただただ祈った。何年もディロンを見てきたぼくは、行動パターンがわかっているんだ。そのとおりになりますように。ぼくは願いごとをするときいつもそうするように、指をクロスさせ、カウントダウンをはじめた。

「十、九、八、七、六、五、四、三、二、一……」

「ギャ――――ッ！」

バンッとドアが開いて、ディロンが弾丸みたいにとび出してきた。恐怖におののくディロンのズボンの前は、ぬれて大きなしみが広がっている。

やったー！　成功したんだ！

さっきディロンがヒルを見つめていたとき、ぼくはその目つきを見て、きっとそのうち瓶をぬすもうとするはずだと思った。そしてぬすんだものはどこにかくすか、それもお見通しだったんだ。

ディロンはとびはねながらズボンをおろし、ようやくガラスの瓶が出てきて床に転がった。

まさに、ぼくの筋書きどおりの〝順番〟が実現したんだ！

CHAPTER

47

RAVI
ラビ

ズボンにヒルをかくすバカなやつなんている？　ふたをゆるめておくなんて最高、ほんと天才だよ！

パニックになって走りまわっていたアルバート・アインシュタイン小学校のいじめっ子は、ズボンをぬいで星柄のパンツ一丁で、さけび声をあげながら廊下をかけていった。お見事！　ぼくは心の中で、おじいちゃんと、大事な役目を果たしてくれたヒルにお礼を言った。

そのあと、ディロンはお母さんに電話してむかえにきてもらい、エミリーのはいたあとの掃除も終わって、ぼくたちは教室にもどった。

「話の続きをお願いできますか？　ラビ」

そう先生に言われたけれど、ぼくは答えた。

「いえ、もういいです」

もうショーを続けてひけらかす必要はない。ぼくはディロンとはちがうし、あんなやつになるつもりもないから。

「では、次はラビの番ですよ」

先生はかごを差し出した。ぼくは目を閉(と)じて、引きたいカードを心で念じながら一枚(まい)とって読みあげた。

「『ぼくは、見かけ以上のものを持っているんです』」

「ああ……ちょっとこれはむずかしいですね。ラビはまだ転校してきたばかりだし、もっと答えやすいカードを引き直していいですよ」

ぼくは首をふった。このカードを引きたかったんだ。心で念じたとおりになった。

ぼくはそのカードを、青いお菓子(かし)の入った小皿のわきに置いて言った。

「ジョーのカードです」

ジョーはうなずいて顔をあげ、ぼくを見つめた。ほほえんだぼくに、ジョーもほほえみ返す。その目は茶色くて、お母さんがバンガロールから持ってきたシナモンスティックの色にそっくりだ。

「どうしてわかったのかしら？」

先生はおどろいている。

「かんたんです。このお菓子(かし)は四層(そう)でできていますが、ほとんどの人は三層(そう)しかないと思っているんです。でも思いこみは、たいていまちがっているものです。そこには見かけ以上のものがあるんです」

「それはインドで教わったこと？」

先生はきいた。

「いいえ。ここで、ジョーから教わりました」

CHAPTER

48

JOE

ジョー

ぼくのママとパパはかしこいけど、だからといって、なんでも知っているってわけじゃないんだ。ふたりが知らないこと——それは、自分の気持ちを伝えるには、相手の鼻をなぐりつけたり、言葉で無理やり説明したりしなくてもいいってこと。友だちにほんのちょっと手を貸してもらうだけで十分なときもあるんだ。

ぼくの人生で、これからも絶対変わらないだろうなってことはいくつかある。たとえば、このとんでもない食欲とか、ＡＰＤ。でも五年生になってまだ五日しかたっていないけど、もう世界が大きく変わってきたのに気づいた。

「世界にはディロン・サムリーンがいっぱいいるんだよ」——この前バーンズ先生に

そう言われたときは気が重くなったけど、今はもうわかったんだ。二頭のシマウマは、知恵（ちえ）をしぼれば一頭のワニをたおせるし、これからの毎日はきっと明るいって。

それに今日は金曜——ピザの日だ！

CHAPTER

49

RAVI
ラビ

ぼくはこれまでずっと、お母さんとお父さんのかがやく太陽で、おじいちゃんとおばあちゃんの誇りと喜びだった。でも今日、大事なことに気づいたんだ。一番明るくかがやいていることだけが勝利じゃないんだと。ずっと陰で光を待ちわびてきた〝だれか〟と、光を分け合うことも勝利なんだ。

十一時三十分になり、ベルが鳴った。アルバート・アインシュタイン小学校での最初の一週間も、あと少しだ。「きっとそのうちうまくいく」と、舌に黒いあざのあるお母さんが言っていたのは、やっぱり正しかった。

弁当箱を手に教室を出たぼくは、生まれ変わった気分だった。お母さんのカードライスを食べるか、食堂のピザを試してみるかはまだ決めていないけれど、そんなことは問題じゃない。だってぼくにはわかっているから。もうランチはひとりじゃないって。食堂に行けばきっと、新しい友だちが席をとっていてくれる。

……ほら、ね。

あとがき

　この作品はアメリカで『Save me a seat』というタイトルで出版されています。日本語にすると「席とってね」という意味です。アメリカ人作家、サラ・ウィークスと、インド人で現在はアメリカに暮らす小学校教師、ギーター・ヴァラダラージャンがふたりで執筆し、アメリカ人のジョーとインド人のラビの様子、育ってきた文化的な背景が、リアリティたっぷりに描かれています。

　ラビはアメリカへ引っ越すまで、自分はなんでもできる優秀な生徒だと思ってきました。そのため、先生から英語力に問題があると言われても、なかなか受け入れられません。まちがいを指摘されても「先生がまちがっている」と思い、ディロンがからかいの笑顔を向けても、優秀な自分がからかわれるという発想がないため、「好かれている」とかんちがいします。「優秀な自分」というフィルターのために、他者を見抜けなくなってしまっているのがわかります。

　一方、ジョーは自分の〝欠点〟をたくさん知っていて、いろんなことが「できない」という前提で生きています。自己へのこだわりが少ない分、他者のことをよく観察し、その人となりを正確に見抜いています。ちがう国で育った、性格も対照的なこのふたりが交流することにより、ラビは自分や他者を見るときのくもりガラスを取りのぞくことができるようになり、ジョーは自分の長所を見つけ、自信をつけます。

フロスト先生はラビに言います。

「思いこみは、たいていまちがっているものよ」

ディロンも悪者に見えますが、そのとがった性格の背景には、インド系でありながらアメリカで居場所を築いてきた、家族のいきさつがあるのかもしれません。表面だけ見てすぐにどんな人か決めつけるのではなく、先入観なしにまっすぐに向き合って友情を育んでほしいという、作者ふたりのメッセージを感じる作品です。

最後になりましたが、出版社のフレーベル館の皆様、素敵な装丁に仕上げてくださったイラストレーターの早川世詩男さん、デザイナーの草苅睦子さん、金森陽子さんに厚くお礼申し上げます。そしてこの本を手にとってくださったあなたに、心より感謝を込めて。

二〇一八年一〇月　久保陽子

サラ・ウィークス
Sarah Weeks

アメリカ生まれ。ハンプシャー大学で文学を、ニューヨーク大学大学院で美術学を専攻。50作以上の児童書を執筆し、『SO B. IT』で米国図書館協会の優良児童図書賞を受賞したのをはじめ、数々の賞を受賞している。邦訳作に『SO B. IT（ソー・ビー・イット）』（エクスナレッジ）、『パイとねこと秘密のレシピ』（岩崎書店）などがある。

ギーター・ヴァラダラージャン
Gita Varadarajan

インド生まれ。小学校教員をつとめたのち、アメリカに移住。コロンビア大学ティーチャーズ・カレッジでリテラシー教育を学び、ニュージャージー州で小学校の教員や、大学の非常勤教授をつとめる。そのかたわら、インドの子どもたちへの読み書きの教育にも力を注ぐ。本書で作家デビュー。

久保陽子
Kubo Yoko

鹿児島県生まれ。東京大学文学部英文科卒。出版社で児童書編集者として勤務後、翻訳者となる。訳書に『うちゅうじんはいない!?』（フレーベル館）、『カーネーション・デイ』（ほるぷ出版）、『ぼくの弱虫をなおすには』（徳間書店）などがある。

フレーベル館 文学の森

明日のランチはきみと

サラ・ウィークス／ギーター・ヴァラダラージャン 作
久保陽子 訳

2018年10月 初版第1刷発行
2024年 7 月 初版第2刷発行

発行者 吉川隆樹
発行所 株式会社フレーベル館
〒113-8611東京都文京区本駒込6-14-9
電話 営業03-5395-6613 編集03-5395-6605
振替 00190-2-19640

印刷所 株式会社リーブルテック

248p 20×14cm NDC933 ISBN978-4-577-04690-6

フレーベル館出版サイト https://book.froebel-kan.co.jp